Pas besoin des

GARÇONS

© 2005, 2011 Presses Aventure pour l'édition française
© 2005 Par Stephie Davis
© 2011 Illustrations © Géraldine Charette

Presses Aventure, une division de **Les Publications Modus Vivendi inc.**
55, rue Jean-Talon Ouest, 2ᵉ étage
Montréal (Québec) H2R 2W8, CANADA

Première édition en langue française parue en 2005.

Publié pour la première fois en 2005 par Dorchester Publishing Co., Inc.
sous le titre Who needs boys?

Traduit de l'anglais par Germaine Adolphe

Responsable de collection : Marie-Eve Labelle
Designer graphique : Émilie Houle
Illustratrice : Géraldine Charette

Dépôt légal – Bibliothèque et Archives nationales du Québec, 2011
Dépôt légal – Bibliothèque et Archives Canada, 2011

ISBN 978-2-89660-332-9

Nous reconnaissons l'aide financière du gouvernement du Canada
par l'entremise du Fonds du livre du Canada pour nos activités d'édition.

Gouvernement du Québec – Programme de crédit d'impôt pour l'édition
de livres - Gestion SODEC

Imprimé au Canada

Pas besoin des GARÇONS

Stephie Davis

PRESSES AVENTURE

CHAPItRE 1

J'étais profondément plongée dans mon fantasme de plages magnifiques, d'océan infini et de tas d'hommes bronzés, séduisants, quand un coup de coude de mon amie Frances me ramena à l'affreuse réalité : le cours de latin.

Pouah !

Je sortis un morceau de papier et un stylo, et lui écrivis : « Pourquoi as-tu fait ça ? J'étais en train de rêver à Los Angeles. Dans moins d'un mois. »

Elle griffonna en réponse : « Écoute M. Novak. »

Tu parles d'un plaisir. L'attitude de Frances à l'égard de l'école, des devoirs et des profs divergeait totalement de la mienne. Elle étudiait, moi pas. Elle écoutait les profs, je rêvassais. Pourquoi devrais-je prendre l'école au sérieux ? Quelle différence cela ferait-il ? Personne ne se souciait de mes faits et gestes. Personne. Alors, je faisais ce que je voulais.

– Allie ? Tu es avec nous ?

Je souris à mon prof. Il était vraiment mignon pour un vieux mec.

– Bien sûr.

– Parfait.

Il se retourna vers le tableau et finit d'écrire une adresse électronique. Puis, il dit :

– Pendant la saison estivale, je vends des fruits et des légumes que je fais pousser dans les champs, juste derrière mon stand. Et j'ai besoin de jeunes pour travailler avec moi tout l'été. Alors, si cela vous intéresse, envoyez-moi un courriel.

Cette proposition avait tout l'air d'une occasion de rencontrer des garçons. Je levai la main.

– Sommes-nous les seules à qui vous faites l'offre ? Ou y aura-t-il des garçons ?

Inutile de tourner autour du pot. Tout le monde savait pourquoi je posais la question.

M. Novak croisa les bras et me lança LE regard. Celui du prof découragé qui se demande bien ce qu'il va faire de vous. Celui auquel j'étais habituée.

– En fait, il y aura un nombre appréciable de garçons.

Un gloussement se propagea rapidement dans la classe. Située en périphérie de Boston, dans le Massachusetts, mon école était fréquentée uniquement par des filles. Il fallait donc faire preuve d'initiative pour rencontrer des garçons. Ce que je faisais, pour en avoir plusieurs dans ma vie.

Je ne suis pas du genre à attendre patiemment qu'ils viennent à moi, car ils ne le feront pas. C'est une réalité de la vie. Ce n'est pas que je sois particulièrement laide. C'est juste que les gars n'abordent pas les filles, du moins, pas à la fréquence que je voudrais.

Alors, je prends les choses en main. C'est mon devoir. Prendre les choses en main, être indépendante. Je n'ai pas d'autre choix. Ma vie serait nulle, si je laissais faire les choses.

– Malgré la présence des garçons, il ne s'agit pas d'une rencontre sociale, précisa M. Novak.

Il semblait s'adresser à la classe, mais me regardait droit dans les yeux.

– C'est un travail exigeant, et je m'attends à un engagement total de votre part. Dans le cas contraire, vous devrez partir. J'ai un commerce à gérer et j'ai besoin d'employés dévoués.

Puis, il hocha la tête et conclut :

– Voilà. Faites-moi savoir votre décision.

Pff. Du calme, le prof. Comme si j'allais m'engager et compromettre son entreprise. J'avais d'autres projets plus importants pour l'été.

– Tu veux le faire ? demanda Frances.

– Impossible. Je te rappelle que je dois passer tout l'été chez mon père à Los Angeles, dis-je en rangeant mon carnet.

J'étais hyper-excitée. Depuis le divorce de mes parents, six ans auparavant, je n'avais guère vu mon père. Aujourd'hui, il était fiancé à une femme qu'il désirait me faire connaître. Los Angeles en été. Super cool. Plein de vedettes de cinéma. L'occasion de me faire découvrir. De devenir une actrice célèbre. De ne pas avoir à revenir ici. Qui sait ?

Frances fronça les sourcils.

– Tout l'été ? Je pensais que c'était seulement quelques semaines.

– Tout l'été, répétai-je. C'est génial, non ? Je vais passer trois mois formidables à la plage.

– Très productif, dit-elle en haussant un sourcil. Je roulai les yeux.

– Ne fais pas cette tête, Frances. Tu es assez productive pour deux.

Et c'était vrai. Frances était l'élève modèle de notre école. Elle collectionnait les « A ». Ses parents étaient bien déterminés à ce qu'elle soit le premier membre de la famille à faire des études supérieures. Elle prenait cette responsabilité très au sérieux. Trop au sérieux. Autrement dit, je devais m'amuser pour elle et moi, puisqu'elle travaillait facilement pour deux à l'école.

– Je vais m'engager, décida-t-elle.

– Pourquoi ? Tu as déjà un petit ami. Tu n'as pas besoin de rencontrer des mecs.

Je n'arrivais toujours pas à croire que Frances la Studieuse sortait avec Théo l'Enfant Terrible. Apparemment, elle l'empêchait de se mettre dans le pétrin, et il l'aidait à relaxer un peu. Pas beaucoup, mais un peu. Leur relation prendrait sans doute fin à l'automne, quand Théo partirait pour l'université. Tant mieux ! Je n'aurais alors plus à partager Frances.

– J'ai besoin d'argent.

Stupide Allie. J'aurais dû le savoir. L'argent manquait toujours chez elle.

— Oh ! dis-je. Alors, c'est une bonne idée. Vas-y. Elle hocha la tête.

— Je me demande si Natalie et Blue voudront y travailler aussi.

Natalie et Blue ? Alors, les trois vivraient sans moi une aventure hyper-géniale au stand de fruits et légumes pendant l'été ? Et à mon retour en septembre, elles auraient toutes sortes de souvenirs personnels dont je ne ferais pas partie ?

— Hum… Je doute qu'elles voudront le faire. Blue ne voudra pas lâcher Colin et Natalie participera probablement à une période d'entraînement de course.

Frances me fit les gros yeux.

— C'est quoi ton problème ?

— Je n'ai pas de problème. C'est quoi le tien ?

— Toi. Tu es mon problème. Pourquoi réagis-tu bizarrement ? Natalie et Blue vont s'engager sans hésiter, et on va bien se marrer. On va même trouver un petit copain pour Natalie, comme ça, elle pourra se joindre à nos sorties en couple.

Tandis que je serai à Los Angeles avec mon père et sa nouvelle femme. Seule. Oubliée.

Je levai le menton. Non. C'était bien. J'allais passer un superbe été. Garanti. Quelle importance si je ratais l'occasion de m'amuser avec elles ? Je trouverais autre chose de bien mieux.

En outre, je serais avec mon père. Rien ne pouvait égaler cela.

***

Nous retrouvâmes Natalie et Blue à quinze heures au terrain communal de la ville. C'était un immense espace herbeux bordé d'arbres. Les jours chauds et ensoleillés, il était toujours bondé de gens qui profitaient du beau temps. Natalie et Blue avaient déjà sorti leur serviette et mis de la musique. Le soleil brillait. C'était une journée de juin géniale. L'été approchait. Je m'affalai près de Natalie et pris un des biscuits au chocolat confectionnés par sa mère. Quant à ceux de Blue, ils finiraient dans la poubelle, les recettes santé de sa mère n'étant pas des plus appétissantes.

– Dire que l'école est bientôt finie !

– Dans moins de trois semaines, dit Natalie, allongée sur le dos, en short et débardeur. J'ai hâte que la compétition soit terminée. Je veux sortir et relaxer.

Elle ouvrit un œil.

– J'ai dit à l'entraîneur que j'avais des douleurs féminines. C'est pourquoi je ne m'entraîne pas aujourd'hui.

Je souris.

– Bravo, Nat ! Tu m'impressionnes.

– Pourquoi se priver d'un aussi bel après-midi ? dit-elle. Pourquoi suer et se salir ? J'irai courir plus tard, quand il fera noir.

Natalie ferma les yeux et tendit les bras.

– Soleil, grille-moi, s'il te plaît !

– C'est notre dernière semaine d'école, dis-je. Et il vous en reste encore trois ?

Les écoles privées fermaient bien avant les établissements publics.

– Ça vous arrive d'aller en classe ? grommela Natalie.

Je m'allongeai près d'elle. La chaleur du soleil était sublime. Le paradis. Vivement Los Angeles.

– Au moins, vous avez des garçons, fis-je remarquer. Je troquerais bien une année raccourcie d'école pour être à ta place.

– La présence de gars ne fait aucune différence. Ils ne me voient que comme une copine. Une amie.

C'était le drame de sa vie. En tant que coureuse, Natalie côtoyait des équipes mixtes toute l'année. Malheureusement, sa vie sociale n'en tirait aucun bienfait. Ce qui faisait mon affaire. Maintenant que Frances et Blue avaient des petits amis, Natalie et moi devions nous tenir les coudes les vendredis soir.

– J'ai peut-être une solution à ton problème de petit copain, dit Frances.

Je mordis ma lèvre et essayai de ne pas être jalouse, sachant ce que Frances allait proposer.

– Un de nos profs engage des étudiants pour travailler à son stand de fruits et légumes cet été, dit-elle. Il y aura des garçons, et on gagnera de l'argent.

Natalie s'assit.

– Vraiment ?

Frances hocha la tête.

– Je vais m'inscrire. Tu veux te joindre à moi ?

– Et comment !

Je fronçai les sourcils.

– Et ta période d'entraînement ? Tu n'es pas censée y aller cet été ? Natalie frotta son menton.

– Ouais, mais seulement pendant une semaine, en août.

Elle regarda Frances.

– Tu crois qu'il me laissera prendre une semaine pour aller à mon entraînement ?

– Absolument. Il est totalement accommodant.

Je tentai de me visualiser sur une plage de sable blanc, un gars séduisant, bronzé, en train d'étaler de la crème solaire sur mon dos. Beaucoup plus sympa que de se crever au boulot avec ses amies, pas vrai ? Bien évidemment.

– D'accord pour moi, dit Blue. Ça me semble amusant.

Je fermai les yeux et m'imaginai sur la rue, rencontrant Ashton Kutcher qui me demanderait de sortir avec lui. Voilà. Je ne raterais rien en étant loin de mes amies.

– Allie, tu vas travailler au stand, toi aussi ? demanda Natalie. J'ouvris les yeux et affichai un grand sourire.

– Je vais à Los Angeles rendre visite à mon père.

Les mots sonnaient comme de la musique, dits à haute voix.

Oui. J'avais un père qui voulait me voir.

– J'avais oublié, dit Blue en soupirant. C'est trop génial. J'aimerais bien y aller avec toi.

– Moi aussi, dit Natalie.

Mes amies se mirent à discuter de mon futur séjour à Los Angeles – qui serait trop sublime – et de leur frustration de ne pouvoir y aller. Alors je me sentis beaucoup mieux. Ouais. Qu'elles s'amusent cet été sans moi; j'en ferai autant sans elles. Et qui sait? Mon père pourrait me demander de vivre à Los Angeles avec lui. Ce serait comme son premier pas pour me ravoir dans sa vie.

Cet été serait celui qui changerait ma vie. J'en étais persuadée.

Trois semaines plus tard, je regardais la pile de vêtements sur mon lit. Impossible de tout faire entrer dans deux valises. Ma mère en avait-elle une que je pourrais emprunter? Il était trop tard pour aller en acheter une au magasin.

L'avantage d'avoir une mère absente, trop occupée à sortir avec des garçons pour gaspiller du temps avec sa fille: son sentiment de culpabilité. En conséquence, j'avais hérité d'une belle carte de crédit. Elle voulait acheter ma loyauté, et qui étais-je pour argumenter? Comme elle s'en était bien tirée avec le divorce, je profitais moi aussi des bénéfices du cauchemar. Malheureusement, la carte ne m'était d'aucune utilité: à vingt-deux heures, un vendredi, je n'avais aucune chance de trouver une valise à vendre.

Je passai la tête dans le couloir.

– Maman? Tu es là?

Silence.

Le désavantage d'avoir une mère absente : elle n'était jamais là. Entre ses sorties et sa carrière de comptable, le temps manquait pour les trucs entre mère et fille. Grâce à la pension alimentaire, nous n'avions pas besoin d'argent. Mais elle devait travailler pour des raisons d'amour-propre, disait-elle. Tu parles.

J'entrai dans sa chambre à la recherche d'une valise. La question du transport me tracassait. Devais-je appeler un taxi pour aller à l'aéroport le lendemain ? Elle m'avait juré qu'elle pourrait m'y amener, mais elle avait déjà manqué à sa parole dans le passé. Elle s'était même fait virer du cercle de covoiturage par les parents de mes amies.

Une fois, elle nous avait posé un lapin à minuit au cinéma. Alors, la mère de Blue avait décidé de prendre la relève.

Ce qui me convenait. Du moment qu'on avait un chauffeur.

Et j'avais appris à me ficher de l'absence de ma mère et de sa totale indifférence. Coupez-moi la tête. Envoyez-la rouler sur le trottoir. Ma mère sauterait par-dessus mon corps décapité pour aller rejoindre son prochain amoureux. Parfait. Je n'avais pas besoin d'elle. Et c'était pourquoi j'allais tout faire pour convaincre mon père de m'inviter à vivre chez lui, à Los Angeles. Bien sûr, mes amies me manqueraient. Mais à la fin de l'été, je sortirais avec Justin Timberlake. Tous ses copains seraient les miens. Alors je n'aurais plus le temps de m'ennuyer de mes amies.

Mais d'abord, je devais emporter tous mes mignons vêtements avec moi en Californie. Comment y arriver avec deux petites valises ? Je m'agenouillai et je jetai un coup d'œil sous le lit de ma mère. Rien, à part de la poussière et une paire de chaussures Ferragamo qu'elle ne portait plus. Malheureusement, les chaussures étaient deux pointures trop grandes pour moi. Je vérifiai dans sa garde-robe. Rien. Il ne me restait plus qu'à aller voir dans la chambre de ma sœur Louisa, partie suivre un cours d'été à Londres – elle voulait prendre de l'avance avant d'entrer à l'université à l'automne.

Je fouillai dans ses affaires. Évidemment, ses bagages n'étaient plus là. Elle avait toutefois laissé une jolie minijupe noire et un caraco en dentelle que je convoitais depuis toujours. Maintenant, ils étaient à moi !

Excellent. Je regrettai de ne pas avoir le temps de chercher d'autres trésors oubliés. Je pris mes nouveaux vêtements et sortis de la chambre en soupirant. Louisa me manquait vraiment. La dernière année, même si elle était beaucoup sortie avec ses amis, ma sœur avait toujours été là pour me conseiller sur les garçons, ou le maquillage, ou mes amies.

Et maintenant, elle était à Londres pour s'éduquer. C'était du moins ce qu'elle avait dit à ma mère. En vérité, elle voulait s'échapper de la maison. Exactement comme moi.

Je m'arrêtai dans le couloir et écoutai le silence absolu. Dire que j'avais eu peur que mes amies me manquent pendant l'été. Leur compagnie ne valait pas la peine que j'endure cette tombe pendant trois mois. Pas quand j'avais le choix d'aller vivre à Los Angeles, avec mon père.

Ce qui me rappela que je devais vraiment trouver un sac ou un truc du genre.

La penderie du vestibule ne contenait rien, pas plus que celle de la chambre d'amis. Bon sang ! Il devait y avoir quelque chose quelque part. Je me rendis dans la cuisine et appelai ma mère. Je n'étais pas censée la déranger pendant ses sorties, sauf en cas d'urgence. Comme maintenant. En outre, elle avait probablement oublié que c'était ma dernière nuit à la maison. À ce rappel, elle se dépêcherait de rentrer pour profiter au maximum de ma présence avant mon départ.

Le téléphone sonna, puis la messagerie vocale s'activa. Alors, je recomposai. Même résultat. Je devais laisser ce message : « Maman, appelle-moi dès que tu pourras. »

Manifestement, j'allais devoir faire mes bagages sans aide.

Je remontai l'escalier à pas furieux. Personne ne voulait donc me voir ce soir ? Ma mère ne devrait-elle pas être triste à l'idée que je parte pour trois mois ? Franchement, une nuit sans voir un homme ne l'aurait pas tuée.

On sonna à la porte avant que j'atteigne le palier. Maman ? Tout sourire, je dévalai l'escalier et ouvris la porte en grand. C'était Natalie, Blue et Frances, avec leurs petits amis, de la pizza, des sodas et des DVD. Pas aussi bien que ma mère. Encore mieux.

– Qu'est-ce que vous faites ici ?

– Fête d'adieu pour Allie, annonça Natalie. Tu pensais qu'on allait t'oublier ?

Génial ! Mes vraies amies. Je n'arrivais plus à effacer le sourire de mon visage.

– Ben oui, un peu.

– Imbécile, dit Blue.

Elle m'étreignit, puis entra la première.

– Allons dans la salle familiale, dit-elle. Au cinéma maison !

Théo, qui était à la fois le frère aîné de Blue et le petit ami de Frances, jeta son bras autour de mon épaule et me tira dans la pièce.

– Tu sais que tu vas nous manquer.

Je connaissais Théo depuis le berceau. Nous nous connaissions tous depuis toujours, sauf Colin, bien entendu, le copain de Blue. Mais Colin était super cool et s'intégrait comme s'il avait toujours fait partie de la bande. Ils allaient me manquer. Beaucoup. Et si mon père ne m'aimait pas ? Et si mon séjour à Los Angeles s'avérait horrible ?

– Qu'est-ce qui ne va pas ? demanda Natalie en se glissant près de moi sur le canapé.

Je balayai la pièce du regard.

– Rien. Mais où sont les gars pour Natalie et moi ?

Je ne comprenais toujours pas pourquoi Colin et Théo ne voulaient pas nous présenter leurs copains. Sans doute parce que ces types-là étaient trop branchés pour sortir avec une bande de gamines. N'empêche que des garçons, plutôt des hommes, cool, séduisants, m'attendaient à Los Angeles.

Colin sourit.

– Il y avait tellement de types qui voulaient venir qu'on arrivait pas à se décider, tellement qu'on a choisi de n'emmener personne. Mais vous, les filles, étiez très convoitées.

– Ouais, c'est ça.

Je roulai les yeux et m'effondrai sur le canapé.

– J'aurai ma cargaison de garçons à Los Angeles. Non. Pas des garçons. Des hommes. J'aurai des hommes, clamai-je en me relevant.

– Tu n'as que quatorze ans, fit remarquer Natalie.

Elle était la seule à pouvoir parler d'écart d'âge, puisque Blue et Frances sortaient avec des gars plus âgés.

– Quinze dans un mois. Et j'en parais dix-huit, affirmai-je en jetant un coup d'œil vers les gars. Pas vrai?

Ils échangèrent un regard hésitant, et je ris. Comme s'ils allaient s'aventurer sur ce terrain avec leurs petites amies assises à côté d'eux. Les garçons sont si transparents. Voilà pourquoi j'avais besoin d'un homme. Un homme californien, bronzé.

Frances tendit un DVD.

– *Conquêtes de vacances*. C'est vieux, mais ça montre pourquoi la Californie est tellement mieux que l'affreux Nord-Est. On a pensé que ce serait bien.

– Parfait.

Je me servis une pointe de pizza. J'essayai de ne pas être triste à la pensée que mes amies me manqueraient. C'était seulement pour l'été. Nous serions de nouveau ensemble à l'automne. Sauf si mon père me demandait de rester. En cet instant, je n'avais nulle envie de les quitter. Je veux dire, si je devais disparaître de la surface de la terre, mes amies seraient les seules personnes à s'en apercevoir. Non seulement s'en apercevraient-elles, mais elles s'en feraient et essaieraient de me retrouver. Mais je sous-estimais peut-être mon père. Après tout, ne m'avait-il pas invitée pour tout l'été ? Je soupirai. L'idée de quitter mes amies m'était toujours aussi difficile.

– Eh ! les filles, vous n'allez pas, euh… m'oublier pendant mon absence, hein ?

– Bien sûr que non !

Blue jeta ses bras autour de moi. Natalie et Frances en firent autant, jusqu'à m'écraser sous leur poids. Je criai et les enlaçai en retour. Et les chatouillai jusqu'à ce que nous hurlions toutes en chœur. Quelque part entre les coudes, j'entendis le téléphone sonner.

– Décrochez. C'est probablement ma mère.

Impossible de prendre le combiné. J'étais complètement ensevelie. Théo interrompit le festival de câlins.

– C'est ton père.

– Mon père !

Je me dégageai précipitamment et saisis le téléphone sans fil.

– Papa ?

– Comment vas-tu, chérie ?

Je me rendis au salon et me blottis sur le canapé.

– Je vais bien. J'ai presque fini de faire mes bagages. J'ai hâte.

C'était si bon d'entendre sa voix. Il y avait une éternité que je ne l'avais pas vu.

– Euh… Allie…

Quelque chose se mit en travers de ma gorge.

– Qu'est-ce qui ne va pas ?

– Rien. Ça va.

Je glissai ma tête sous un coussin et tentai de garder une voix calme.

– Qu'est-ce qui va ?

– C'est Heidi.

– Ta fiancée ?

Je repensai à la photo de la superbe brune, que m'avait envoyée mon père par courriel la semaine d'avant. Elle semblait beaucoup plus jeune que lui, mais tout le monde en Californie paraît plus jeune et plus beau, pas vrai ?

– Oui. Elle est… ah… enceinte.

– Enceinte ? Je vais avoir un petit frère ou une petite sœur ?

Oh là là ! C'était trop chouette. Un tout nouveau début de famille. Ouais ! Ils allaient totalement avoir besoin de mon aide maintenant.

– Tu veux que je m'occupe du bébé ? offris-je. Je peux absolument le faire. Je le surveillerai après l'école et…

– Allie, chérie, calme-toi.

– Mais c'est extraordinaire ! J'ai hâte d'être là. Est-ce que le bébé va naître cet été ?

– Non, pas avant cet hiver, mais Heidi est vraiment malade. La grossesse ne se passe pas bien.

Je fronçai les sourcils.

– Malade à quel point ?

– Très malade. Elle… ah… je ne crois pas que ce soit une bonne idée que tu viennes cet été.

Mon univers s'effondra.

– Quoi ?

– Je vais devoir prendre soin d'elle. Elle est alitée. Aucun de nous ne peut se permettre de s'inquiéter pour toi.

J'avalai ma salive.

– Mais je suis très autonome. Tu n'as pas à te soucier de moi. Je peux cuisiner. Je ferai le ménage. Je m'occuperai d'elle quand tu iras travailler.

– Je suis désolé, Allie. Ce serait trop stressant. S'il y a du changement, je t'appellerai. Sinon, pouvons-nous reporter ta visite à l'été prochain ?

– Reporter ma visite ? Mais je ne suis vraiment pas difficile. Tu ne remarqueras même pas ma présence.

Je ne pouvais empêcher ma voix d'être sanglotante.

– Papa ?

– Je suis désolé, chérie. Ce n'est juste pas le bon moment. Je t'aime et je te rappelle dans quelques jours. Je dois filer. Au revoir.

Je restai assise, laissant la tonalité bourdonner à mon oreille. Je n'arrivais pas à le croire.

Non. Je pouvais le croire. J'aurais dû prévoir le coup. Comment avais-je pu être stupide au point de fonder des espoirs ? Après six années d'illusions, j'aurais dû être plus avertie que ça.

– Allie ? Ça va ?

Frances était debout dans l'embrasure de la porte, son visage tout grimaçant d'inquiétude. Je lançai le téléphone sur le canapé et lui souris.

– J'ai d'excellentes nouvelles !

– Quoi ?

– Je n'ai pas à aller à Los Angeles ! Je reste avec vous cet été. Génial, non ?

C'est ça. Pas question de laisser mon père gâcher mon été. Qu'il aille se faire voir. Et l'été prochain, s'il m'invite de nouveau, je lui ferai faux bond à la dernière seconde. Na !

Frances fronça les sourcils.

– Je croyais que tu voulais aller à Los Angeles.

– J'ai essayé de m'en persuader parce que je devais y aller. Tu sais, j'étais hyper-frustrée à l'idée de rater ce truc du stand de fruits et légumes.

Je déglutis péniblement et continuai à sourire.

– Ça va être super.

– Mais M. Novak a dit que son personnel était complet. Qu'il n'y avait plus de place.

Pendant un instant, je sentis mon sourire glisser. Je ne me voyais pas passer tout l'été coincée chez moi, dans cette horrible maison vide, sans climatiseur. Puis, je me ressaisis. M. Novak était un mâle. Je pouvais convaincre n'importe quel mâle.

Excepté mon père, apparemment. Mais il n'était pas un mâle. Il était un salaud.

– Je vais l'appeler.

Je me rendis dans la cuisine et consultai l'annuaire, soulagée de ne trouver que trois Sam Novak.

– Voilà. Je vais appeler chacun d'eux.

Frances écarquilla les yeux.

– Tu vas l'appeler chez lui ?

– Évidemment. La situation est critique. Je ne peux pas rater l'occasion de passer l'été avec vous.

Je savais pertinemment que je péterais les plombs à rester seule tout l'été. Je décidai de commencer par le nom du bas. Une femme répondit.

– Je suis bien chez M. Novak qui enseigne le latin ?

– Oui. Qui est à l'appareil ?

Je fis signe à Frances que c'était bon.

– L'une de ses élèves. Est-ce que je peux lui parler ?

– Il n'est pas ici. Puis-je prendre un message ?

Oh ! génial ! Je n'avais pas pensé à cette éventualité.

– Euh… ouais… j'appelle au sujet du stand de fruits et légumes. Je voudrais travailler pour lui.

– Désolée, mais c'est complet. Vous êtes la septième personne à l'appeler aujourd'hui, mais il n'y a plus de place.

J'étais horrifiée par les larmes qui me montaient aux yeux. Je me retournai immédiatement pour que Frances ne me voie pas.

– Mais… Vous ne comprenez pas. Toutes mes amies ont été engagées.

– Alors, vous auriez dû poser votre candidature en même temps qu'elles, dit la femme d'une voix gentille mais intransigeante.

J'avalai pour écraser l'émotion qui m'étranglait.

– Mais je ne pouvais pas. J'étais censée aller voir mon père, et il a annulé il y a cinq minutes, même si je ne l'ai presque pas vu durant les six dernières années, et il a cette fiancée, et je ne peux pas y aller, et ma mère n'est jamais à la maison, et je ne veux pas être seule tout l'été, et…

Je réalisai que je sanglotais à présent. Alors, je fermai prestement ma bouche. Et la rouvris aussitôt pour respirer. Pas facile de garder sa dignité avec de gros sanglots.

— Quel est votre nom ?

La voix compatissante de la femme me donna envie de pleurer de nouveau. Je détestais la compassion. J'allais bien. Parfaitement bien.

— Allie Morrison.

— Votre numéro de téléphone ?

Je le lui donnai.

— Je vais parler à Sam à son retour, d'accord ?

— Je dois travailler au stand. Je le ferais même gratuitement. Je ferais n'importe quoi. Je ne peux juste pas rester ici.

Plus désespérée que ça… Et dire que je n'avais jamais supplié de ma vie. Jamais.

— Il vous rappellera, mais peut-être pas avant demain.

— Entendu. Je vais attendre son appel.

Je raccrochai et me retournai. Toutes mes amies ainsi que Colin et Théo étaient debout dans la cuisine, les yeux rivés sur moi. J'essuyai rapidement les larmes sur mes joues et relevai la tête.

— Je pense qu'on devrait mettre un autre film, pas vous ? Je ne suis plus dans l'ambiance californienne.

Sans attendre leur réponse, je pris un pot de crème glacée dans le congélateur et une cuillère dans l'égouttoir. Je me dirigeai ensuite vers la salle familiale.

M. Novak avait intérêt à ne pas me laisser tomber.

CHAPItRE 2

L'appel arriva le dimanche soir. Tout le week-end, je m'étais précipitée sur le téléphone à chacune de ses sonneries. Je n'eus droit qu'à des boniments de vente pour la consolidation de prêts bancaires ou l'obtention d'un nouveau prêt hypothécaire, aucun des deux sujets n'étant placé au top de ma liste de soucis. Jusqu'à vingt heures cinquante et une, le dimanche soir. J'attrapai mon nouvel ennemi, le téléphone, et le collai à mon oreille.

– Quoi ?

J'avais développé des techniques de réponses hostiles à l'intention des téléprospecteurs, pour qu'ils raccrochent de peur avant de commencer leur baratin. J'avais perdu tout espoir que M. Novak me rappelle. Il n'avait sans doute pas le courage de me dire « non », de me confronter. Encore plus lamentable que mon père. Les adultes sont nuls.

– Allie ? C'est M. Novak.

Oh ! génial ! J'avais bien choisi le moment pour répondre bêtement.

– Bonjour. Désolée pour ma façon de répondre. Je pensais que c'était un téléprospecteur.

J'essayai de repousser l'espoir qui montait en moi. Il appelait pour me dire « non », et je devais m'y préparer. J'avais déjà décidé que, s'il rejetait ma candidature, j'allais utiliser ma carte de crédit pour rejoindre Louisa à Londres. Elle comprendrait pourquoi je ne pouvais plus rester ici, pas sans elle et mes amies.

– Kate m'a parlé.

– Kate ?

Est-ce que je connaissais une Kate ?

– Ma femme. Tu lui as parlé vendredi.

– Oh oui ! Kate. Elle est très gentille.

Sa femme ? Il me serait peut-être plus difficile de le séduire, sachant qu'il était marié. Et l'énergie me manquait pour flirter. J'étais trop épuisée psychologiquement. Au cours des dernières quarante-huit heures, mon cœur avait failli exploser à chaque sonnerie de téléphone. Au début, j'espérais recevoir un appel de mon père m'annonçant qu'il avait changé d'avis. Puis, réalisant que c'était un espoir stupide, j'avais décidé de m'en tenir à un appel de M. Novak m'avisant que je pourrais travailler au stand. À la fin, j'étais convaincue que personne ne m'appellerait. Et maintenant, j'avais de nouveau espoir. Quelle idiote !

– Allie, mon personnel est complet.

Oh, non !

– Mais je dois le faire. S'il vous plaît. Je travaillerai pour rien, et je ferai un boulot extra, et vous n'aurez jamais à le regretter.

Vous voyez où mène l'espoir ? Vous suppliez. Vous êtes prête à tout. Puis, vous avez honte d'être aussi minable. J'entendais Kate lui dire quelque chose.

– Ce n'est pas un travail facile, dit-il.

– Et alors ? Je peux me débrouiller, je le promets. S'il vous plaît, s'il vous plaît, s'il vous plaît.

Malgré mes jolies tenues et mes ongles soignés, j'étais tout à fait capable de faire un vrai travail. Dans le pire cas, j'étais certaine de pouvoir demander à des gars de le faire à ma place. Je ne voulais pas aller à Londres. Je voulais être avec mes amies. Je devais avoir ce travail. Il couvrit le combiné, et j'entendis des voix murmurer. Kate était-elle dans mon camp ? Qu'elle le soit, et je l'aimerais à vie. Après ce qui sembla une éternité, il était de retour.

— Fais-tu cela pour les garçons ou le travail ?

— Le travail. J'ai plein de garçons dans ma vie.

Pas vraiment, en réalité. D'ailleurs, il ne pouvait jamais y avoir trop de garçons. Je voulais ce boulot pour être avec mes amies et rencontrer des garçons. Mais je n'allais pas l'avouer à M. Novak.

— J'ai besoin de faire quelque chose de bien cet été, ajoutai-je. Quelque chose, n'importe quoi, qui me fasse oublier l'ultime rejet de mon père. Je déteste mon père.

Il y eut un long silence.

— Tu es bienvenue si tu travailles fort. Au moindre faux pas, tu perds ta place.

— Ne vous inquiétez pas, M. Novak. Je ne vous décevrai pas.

Hourra ! J'avais hâte de le dire à mes amies.

— Demain à sept heures trente.

Sept heures trente ? Je devais être au travail à sept heures trente ? C'était l'été. J'étais censée me lever à dix heures, avaler un jus d'orange, puis aller me faire bronzer sur la plage.

– Un problème avec l'horaire ?

Je n'allais pas risquer de perdre mon emploi trente secondes après l'avoir décroché.

– Non, pas du tout, m'empressai-je de répondre. J'y serai. À demain donc.

Je raccrochai et fixai le téléphone. Mon tout premier emploi. Travailler serait le prix à payer pour être avec des garçons et mes amies. Ce qui me convenait. À quel point ce travail pouvait-il être difficile ? Si j'étais vraiment bonne et faisais un super boulot, mes parents verraient que j'avais un certain mérite. Ça leur en boucherait un sacré coin.

Le lundi vingt-cinq juin, mon premier jour de travail, je me préparai avec une attention toute particulière. Je me maquillai avec soin. Je bouclai mes cheveux de façon que mes nouvelles mèches blondes rehaussent mon visage. J'appliquai sur mes ongles des mains et des pieds un vernis assorti à mon caraco de couleur melon. Je choisis un short blanc extracourt. Et pour la touche finale, j'enfilai mes nouvelles sandales griffées, dévoilant mes pieds parfaitement bronzés. À la nouvelle du faux bond de mon père, ma mère m'avait déposée illico au centre commercial pour que je m'achète des trucs chers.

Aussi salaud qu'il ait pu être, mon père avait amassé une tonne d'argent en tant que chirurgien. Ma mère avait été gagnante dans le divorce. Quant à moi, je bénéficiais à la fois d'une absence de supervision parentale et de tous les fonds nécessaires pour m'amuser. Être le rejeton négligé de divorcés nuls et égoïstes était génial.

Je n'allais certainement pas penser à lui. Il avait perdu le droit d'occuper ne serait-ce qu'une parcelle de mes pensées. Mon premier jour de travail au stand de fruits et légumes. L'été allait être super. Je me rendis chez Blue. Sa mère ouvrit la porte.

– Bonjour, Allie ! Nous sommes contentes que tu sois là.

Elle inspecta ma tenue.

– Tu vas travailler comme ça ?

Mes amies apparurent derrière elle. Elles étaient toutes en baskets, jean et tee-shirt, et avaient une casquette de baseball sur la tête – sans doute un cadeau anticancer de peau offert par la mère de Blue. Elles portaient chacune un petit sac à dos qui, je le présumais, contenait un casse-croûte préparé par leur mère.

J'aurais dû y penser. Pourvu que je ne meure pas de faim aujourd'hui, me dis-je. Apparemment, il y avait quelques bons points à avoir une mère pour penser à ces choses. Mais la mienne devait être au travail à sept heures. Comme elle avait une heure de transport, je ne la voyais jamais le matin. Autrefois, elle me laissait des notes et un petit-déjeuner. Ce n'était plus le cas depuis longtemps.

Ce qui me convenait. Je n'avais pas besoin d'elle.

– Nous allons travailler dans une ferme, dit Frances.

– Ouais, c'est quoi cette tenue ? demanda Blue.

Je fronçai les sourcils.

– Ben quoi ?

– Tu vas bousiller tes sandales dans la boue, dit Blue.

Je regardai mes sandales. Elles avaient coûté plus de cent dollars et elles paraissaient bien. Haute couture et cependant confortables.

– Je crois qu'elles seront parfaites.

– Et tes vêtements vont se salir, dit Natalie.

Coureuse de cross-country, Natalie était la reine de la boue. Chaque jour, elle revenait de son entraînement couverte de gadoue, de sueur et de crasse. De mon côté, j'avais le don de garder propre n'importe quoi. Probablement parce que je détestais faire la lessive et que personne n'allait la faire pour moi. J'essayais donc de réduire la pile de vêtements sales.

– Alors, je les laverai, assurai-je. Allons-y.

Je suivais mes amies jusqu'à la Suburban de la mère de Blue lorsque celle-ci saisit mon bras.

– Allie ?

Oh oh ! C'était sa voix de mère.

– Oui ?

– Tu veux rester chez nous, cet été ?

Je la regardai.

– Pourquoi ?

– Blue m'a dit ce qui est arrivé avec ton père. Je ne veux pas que tu restes seule chez toi si ta mère est absente, puisque Louisa n'est pas là.

Je pris un air renfrogné et avalai la boule qui s'était formée dans ma gorge. Pourquoi Blue en avait-elle parlé à sa mère ? J'allais bien. D'accord, mon père m'avait laissé tomber. D'accord, ma mère préférait sortir avec des hommes plutôt que de jouer à la maman. Et alors ? Je m'en fichais. J'aimais avoir la maison à moi toute seule. Maintenant que Théo sortait avec Frances, et que Colin sortait avec Blue, aller chez les Waller me faisait sentir encore plus seule. Même avec mes meilleures amies, je me sentais exclue.

– Merci, mais je vais bien. Ma mère a été occupée ces derniers temps, mais elle est là.

J'aimais les parents de Blue, mais ils essayaient toujours de me pseudo-adopter. Je n'avais pas besoin d'être adoptée. J'allais bien.

– Eh bien, si tu changes d'avis, dis-le-moi.

– Merci.

Je montai dans la Suburban et m'engageai dans une discussion sur le nombre et l'âge des garçons qui seraient au stand. Des trucs bien plus importants que mon besoin d'avoir une famille.

M. Novak sortit nous accueillir à notre arrivée dans le stationnement de terre battue. Il portait un jean, des bottes, un tee-shirt bleu marine avec « Sam Fruits et Légumes » imprimé sur le devant et des lunettes de soleil glissées sur sa tête. Trop séduisant. Blue me donna un coup de coude.

– C'est ton prof ? Il est super beau.

– Ouais. Dommage qu'il soit marié.

Et il me regardait comme s'il doutait du bien-fondé de ma présence. Je croisai immédiatement les bras et lui lançai mon regard « ne viens pas m'emmerder ». Dans le même genre que LA pose hyper-cool qui défie l'autorité. Sauf que celle-ci était destinée à attirer les garçons, ou plus précisément à leur faire croire que je n'étais pas certaine d'aller leur parler, ce qui les inciterait immanquablement à me désirer. M. Novak n'était pas une cible appropriée pour LA pose, compte tenu de son grand âge. Mais il importait qu'il sache que j'étais capable de résister à tout ce qu'il pouvait me balancer. Alors je lui donnai un mélange suffisant de pose et de dédain.

– Je crois que je veux aller à ton école l'an prochain. Je crois que je veux apprendre le latin, murmura Blue.

Je souris et glissai mon bras autour du sien.

– Tu as Colin. Un gars plus âgé ne te suffit pas ?

– Ou je me contenterais de ce type à la brouette, dit-elle en faisant un signe de tête vers la droite.

Je suivis son regard. Un gars plutôt mignon transportait un tas de plantes. Il était vêtu d'un tee-shirt semblable à celui de M. Novak, sans toutefois le remplir aussi bien. Pas étonnant. Il devait avoir quinze ans. Un garçon. Pas un homme. Mignon, cependant. Repousser son adoration serait absolument suffisant pour guérir mon ego blessé par le rejet de mon père.

– Bienvenue chez Sam, annonça M. Novak.

Il regarda la mère de Blue.

– Nous terminerons à quinze heures aujourd'hui.

La mère de Blue hocha la tête et partit dans sa Suburban faire des courses, ou vaquer à des occupations de mère normale. Elle reviendrait nous chercher à quatorze heures cinquante-cinq. La mère de Blue n'oublierait jamais. Elle ne nous laisserait jamais attendre. M. Novak nous inspecta l'une après l'autre, fronçant les sourcils devant ma tenue.

– Ce sont les seules chaussures que tu as ?

– Oui.

N'étaient-elles pas adorables ?

– Tu devras mettre des baskets demain. Celles-ci ne font pas l'affaire.

Eh bien ! je les avais mises pour impressionner les garçons, pas lui ! Alors, je tentai de l'éblouir avec mon sourire, en m'empêchant de me demander si je ne l'avais pas déjà déçu. Il me lança un drôle de regard et se tourna vers le reste du groupe.

– Pendant le premier mois, je fais toujours travailler un débutant avec une personne plus expérimentée. J'ai déjà formé les paires.

Il siffla, et je vis le gars à la brouette s'avancer. Oh là là ! Blue perdrait les pédales s'il devait faire équipe avec elle. Le garçon s'approcha de M. Novak.

– Qu'y a-t-il ?

M. Novak me fit un signe de tête. Attendez une minute. Moi ?

– Tad, voici Allie Morrison. Allie, voici Tad Simmons. Tu seras le bras droit de Tad durant le prochain mois.

– Mais...

Il avait mon âge ! Je ne me tenais pas avec des gars de mon âge. Surtout quand mes amies moins expérimentées sortaient avec des diplômés. En étant avec lui, comment allais-je rencontrer des gars plus âgés ? Il fallait que je travaille avec un homme.

Tad ne semblait guère plus content que moi.

– C'est une blague ? Avec son accoutrement, cette fille est un poids mort à la ferme.

– Hé ! Je ne suis pas un poids mort.

Pensait-il que j'étais sourde ou quoi ? Porter une tenue sympa ne signifiait pas que j'étais incompétente. Je prenais toujours grand soin de mon apparence, parce que c'était le meilleur moyen de me faire apprécier des gens. Et c'était pour lui une raison de ne pas m'aimer ? Je relevai la tête. Non. Impossible. J'étais tout à fait à la hauteur. Et Tad m'aimerait et penserait que j'étais mignonne.

– Tu es mon meilleur employé, Tad. Je me suis dit que tu aurais une bonne influence sur Allie.

Son meilleur employé ? Ainsi, Tad allait être un espion qui rapporterait à M. Novak que j'étais bonne à rien et que je devrais être virée. Pas question. Je n'allais pas perdre cet emploi. J'allais prouver que je valais quelque chose. Je dévisageai Tad en plissant les yeux.

– Je suis parfaitement compétente.

Tad soutint mon regard, puis regarda délibérément mes chaussures. Il ne semblait pas impressionné par ma pédicure. Je résistai à l'envie de rentrer mes orteils pour cacher l'arc-en-ciel peint sur mes ongles de gros orteils.

– Des arcs-en-ciel, siffla-t-il, l'air dégoûté.

Je pris un air menaçant.

– Ne me juge pas.

– Je sens que vous allez bien vous entendre tous les deux, dit M. Novak en me poussant doucement vers Tad. Il y a peut-être une vieille paire de bottes dans l'une des granges. Essaie de les trouver, Tad.

Tad se renfrogna.

– Je n'ai pas le temps d'aller lui trouver des bottes. On a du boulot.

– Trouve les bottes.

Tad croisa les bras et me regarda fixement.

C'était quoi son problème ? Que lui avais-je fait ?

Il me détestait parce que mes ongles d'orteils étaient de la même couleur que mon caraco ? La plupart des garçons les auraient aimés et m'auraient gratifiée d'un gentil sourire, tout excités à l'idée de faire équipe avec moi. Mais pas le demeuré devant moi. Ce qui était OK. Car il n'était qu'un garçon. Et qui voulait d'un garçon ? Je voulais un gars plus âgé. Au moins dix-sept ans. De préférence à l'université.

Là résidait le problème. Il était trop jeune pour m'apprécier. Voilà. Tout irait bien.

– Bon. Allons-y.

Il se retourna et partit sans attendre de voir si je le suivais. Quoi ! Il pensait qu'il était trop bien pour moi ? C'était tellement le contraire. Je n'avais pas besoin de lui et je me moquais de ce qu'il pensait de moi.

– Tu ferais mieux de te dépêcher. Tu ne pourras pas courir avec ces chaussures, et Tad ne t'attendra pas, me prévint M. Novak.

Il se dirigea vers mes amies et les mena à leurs nouveaux partenaires.

Me laissant dans le stationnement de terre battue, toute seule comme une idiote.

Tad s'arrêta au bout du stationnement et se retourna.

– Alors, tu viens ?

Avais-je le choix ? Je relevai la tête et avançai vers lui à pas furieux, en contournant deux flaques de boue. Pas question d'abîmer mes sandales avant qu'un garçon mignon plus âgé n'ait eu l'occasion de me complimenter sur elles. Il n'y avait rien de mal avec moi ou mon apparence. Et un garçon finirait par l'admettre, même s'il me fallait lui enfoncer des fraises dans le nez pour qu'il m'apprécie.

J'aurais juré que Tad se moquait de moi lorsque je le rejoignis. Toutefois, son visage était impassible. À part un coin de sa bouche qui tremblotait. Il ferait mieux de me regarder au lieu de rire à mes dépens. Entre mon père et l'obsession de ma mère pour les hommes, j'avais très peu de tolérance envers le sexe opposé ces derniers temps. Et ce n'était certainement pas celui-là qui allait me donner du fil à retordre. En plus, il avait mon âge. Un simple jeune homme !

Je suivis Tad derrière le stand de la ferme, évitant les tas de terre et de boue. Chaussures et vernis étaient toujours intacts. Mais j'avais bien failli marcher dans quelque chose d'horrible, en levant les yeux pour sourire à un gars tout mignon qui transportait des tuyaux. Tad entra dans la grange remplie de tuyaux, de cageots et autres équipements de ferme.

– Il y a une section d'objets trouvés dans le fond. Les bottes doivent s'y trouver.

Il régnait une odeur de poussière, de moisissure et de renfermé. Pouah !

Tad ouvrit une porte de bois grinçante et disparut dans une petite pièce qui semblait avoir contenu des aliments pour animaux ou un truc du genre, à en juger par les casiers encastrés dans les murs. Je jetai un coup d'œil furtif. La salle me faisait penser au grenier de ma mère. De vieux outils de ferme crasseux s'entassaient partout. Méga beurk ! Je décidai d'attendre dehors. Inutile d'aller me jeter dans le royaume des rats. Je veux dire, j'étais parfaitement capable de me débrouiller. Mais pourquoi écraser l'ego du gars en y allant à sa place ?

Je n'étais pas du tout intéressée à séduire Tad. Cependant, il importait que je garde une attitude flirteuse en tout temps, au cas où je rencontrerais un garçon intéressant. Croyez-vous que c'est par pure chance que les garçons veuillent tous m'embrasser ? Voyons donc. Je travaille vraiment très fort pour projeter la bonne image. Voici la recette : Faites semblant de ne pas aimer le garçon tout en lui jetant des regards charmeurs. Soyez toujours consciente de son ego et traitez-le avec délicatesse – sauf s'il vous fait du tort; dans ce cas, piétinez son ego sans pitié et laissez-le mourir dans la souffrance et le regret de ne pas avoir eu la fille convoitée. Il faut du talent et de l'engagement. D'ailleurs, je faisais mieux de m'entraîner avec Tad, même si je me moquais qu'il m'aime ou non.

En fait, c'est ça le truc. Vous ne devez pas prendre la chose trop au sérieux. C'est bien que les garçons vous aiment. Mais gardez toujours une certaine distance. Ne leur laissez jamais une occasion de vous blesser. Embrassez-les, draguez-les et tenez-les par le bout du nez, mais ne tombez jamais, jamais amoureuse. C'est ma règle principale. Je ne l'enfreindrais jamais. L'incident avec mon père renforçait la raison pour laquelle je ne devais jamais me laisser toucher par les pensées qu'un gars pouvait avoir de moi. Surtout quelqu'un comme Tad, un simple garçon qui ne valait ni mon temps ni mes angoisses.

Il émergea d'une pile de vieux vêtements, couvertures et godasses crasseuses. Il tenait une paire de chaussures de randonnée sales et usées à la corde, qui semblaient quatre pointures trop grandes pour moi. Il les laissa tomber à mes pieds.

– Tiens.

– Tu rigoles.

Ce n'était pas comme emprunter les vêtements de ma sœur ou de mes amies. Ces chaussures étaient dégoûtantes. Couvertes de boue, toutes plissées et puantes. On aurait dit qu'elles renfermaient quelque chose de mort.

– Tu devrais être contente de les avoir.

D'abord, il était hors de question que je mette mes pieds dedans, surtout sans chaussettes. Ensuite, mes sandales faisaient tout à fait l'affaire. Elles étaient confortables, et je pouvais les porter toute une journée. Pas comme ces monstruosités.

– Je m'en passerai.

Avec ce look affreux, plus question de séduire qui que ce soit. Et je n'avais aucune envie d'être un paria.

– Comme tu veux, dit-il avant de partir sans se retourner.

Pff! C'était quoi, son problème? Ma nullité. C'était ça, son problème. Il me trouvait nulle. Qu'il aille se faire voir. Mes parents pouvaient penser que je ne valais rien, et je n'y pouvais rien (et je m'en fichais). Mais pas question de laisser un crétin de quinze ans en faire autant. J'allais travailler avec lui, et il allait aimer ça.

Toutefois, notez bien que je ne tentais pas de faire en sorte qu'il m'aime. Je voulais seulement prouver qu'il avait tort. Grosse différence.

Je traversai la grange en courant, puis marchai à ses côtés.

– On a quoi au programme?

– Des carottes.

Des carottes? Je pouvais tout à fait gérer les carottes. Je râpe tout le temps ces trucs-là pour en faire des salades.

– Cool.

Il me jeta un sale regard, et je le lui rendis sur-le-champ.

– Je ne suis pas incompétente, dis-je.

Il leva un sourcil, sans un mot. Abruti. Il désigna une petite remise.

– Il y a une brouette, là-dedans. Prends-la, ainsi que quelques outils pour creuser. Il regarda mes ongles vernis.

– Je suppose que tu as des gants de travail.

Je plongeai prestement mes mains dans mes poches.

– Non.

– Il y a peut-être aussi une paire de gants. Sinon…

Il haussa les épaules.

– Tu devras repeindre ces ongles ce soir, poursuivit-il.

Son ton ne semblait pas élogieux. Jamais encore quelqu'un ne m'avait fait sentir stupide d'essayer de paraître jolie. Je n'aimais pas ça du tout. J'allais vraiment adorer le ridiculiser pour m'avoir mal jugée.

– Après avoir pris la brouette et les affaires, va dans le champ là-bas. Je t'y attendrai et te dirai quoi faire.

Il montra un endroit situé trois champs plus loin. C'était une belle journée ensoleillée, sans aucune brise, et ce champ semblait chaud. Vraiment chaud.

Demain : penser à apporter une bouteille d'eau. Aujourd'hui : plutôt mourir de soif que de demander à Tad une gorgée de la sienne. Question de fierté.

– Bien. J'y serai dans un instant.

Il hocha la tête, saisit sa brouette et s'éloigna. Pendant un instant, je fus tentée de retourner au bâtiment de ferme pour me cacher de Tad et de ses regards désapprobateurs.

Sauf que M. Novak s'y trouvait et que, en me voyant, il saurait que j'avais échoué.

L'échec n'était pas une option. *Échec* signifiait «passer tout l'été dans une maison vide, avec rien à faire et personne à qui parler». Non, merci. Même Tad était plus supportable. J'ouvris donc la porte de la remise et j'y pénétrai, tombant pile sur le gars le plus cool que j'aie jamais vu. Grand, baraqué, des cheveux courts foncés et un beau sourire. Et il devait avoir au moins dix-huit ans. J'aurais parié qu'il allait à l'université. Pas comme Tad, l'abruti de quinze ans. Et c'était à moi qu'il souriait. La dernière fois qu'un gars m'avait souri semblait remonter à une éternité. Je m'empressai de lui envoyer mon sourire le plus éclatant.

– Oh! désolée! Je m'appelle Allie.

Il me serra la main et me fit un clin d'œil.

– Rand. Tu es nouvelle?

– Ça se voit?

Il sourit de nouveau, et je remarquai ses fossettes.

– Tu es propre. C'est la caractéristique d'une débutante.

De la bouche de Rand, être propre ne sonnait pas comme une insulte. Je l'aimais déjà.

– Je dois aller travailler avec des carottes. Je ne crois pas que mon côté propre survivra à l'épreuve.

J'allais toutefois veiller à ne pas abîmer mes vêtements. Il me regarda d'un air compatissant.

– J'ai vu que tu étais avec Tad, hein ?

– Je ne suis pas avec lui. Je travaille avec lui, nuance.

Rand leva un sourcil.

– Merci pour la précision.

– Quand tu veux. Ah, ah ! Il avait vu où je voulais en venir. Je me demandai s'il allait en profiter. Ouf. Il y avait au moins un gars sur cette ferme qui comprenait quelque chose aux filles. Je lui envoyai un autre sourire. Il était temps de le faire languir. Il fallait le quitter alors qu'il en voulait davantage.

– Bon, je prends quelques trucs et je file.

Je me tournai vers les étagères pleines d'instruments à creuser et les regardai une minute. Puis, mon cerveau s'affola. Je n'avais aucune idée de ce que j'étais censée utiliser pour des carottes. Rand attrapa plusieurs outils et les mit dans ma main.

– Essaie ceux-ci.

Je sentis des sanglots au fond de ma gorge. Pitoyable. Parce que quelqu'un était gentil avec moi, j'avais envie de pleurer. Désespérément ordinaire. Je devais me ressaisir, et ça urgeait.

Rand prit ma main libre et la tourna. Au moindre commentaire méchant sur mes ongles, il recevrait mon poing sur la figure.

Sans blague.

– Tu as des gants ?

Je secouai la tête.

– Je ne savais pas que je devais en apporter.

– Tes mains vont s'abîmer.

Il sortit une paire de gants qui dépassaient de sa poche arrière. Prends les miens.

– Tu me donnes tes gants ? Et tes mains alors ?

– Ça ira. J'ai des trucs faciles aujourd'hui, dit-il en me tendant les gants. Ils seront grands pour toi, mais ils te protégeront.

Rand était parfait. Pourquoi M. Novak ne m'avait-il pas mise avec lui ? Plutôt qu'avec ce Tad de malheur !

– Merci.

Il hocha la tête, puis jeta quelques cageots dans la brouette.

– Tu en auras besoin.

Pensez-vous que Tad me l'aurait dit ? Il espérait sans doute que je me pointe avec les mauvaises affaires, de façon à me forcer à retraverser trois champs pour aller chercher les bonnes. De façon à me saper le moral avant la fin de la journée. Ha ! Tu parles. D'abord, personne n'allait me décourager. Ensuite, j'avais une arme secrète : Rand.

– Tu as tout ?

Je souris, saisis la brouette et la renversai aussitôt. Avant même que je me sente stupide, Rand la redressa pour moi.

– Tu dois mettre tes pouces autour des bras de la brouette, comme ceci.

Il posa ma main sur le bras de bois et fit glisser mon pouce sur le côté.

– Ça te donne davantage de stabilité.

Sa main était environ trois fois plus grande que la mienne. Tout à fait un homme. J'allais fondre sur place. Je n'avais même pas eu à le séduire pour qu'il soit gentil avec moi. Il l'était tout naturellement. Je réussis à sourire faiblement.

– Merci.

Pff ! Mon vocabulaire se limitait-il à « merci » ? Tu parles d'une abrutie.

– D'autres petits trucs ? ajoutai-je.

Il rit.

– Beaucoup, mais je ne veux pas te décourager. Je te les donnerai au fur et à mesure.

Était-ce une façon de me signifier qu'il veillerait à tomber sur moi de temps à autre ? Super. Pourvu qu'il le fasse en présence de Tad. Qu'il montre à Tad ce qu'il ratait.

– D'accord. Si tu m'entends hurler, c'est que j'ai besoin de l'un de tes trucs.

Et j'avais utilisé le mot « trucs » au sens large, pour inclure les conseils, les sourires et un sentiment généralement chaud et confus.

– Tad est probablement en train de s'énerver, dis-je.

– Ouais…

Il sembla réfléchir.

– Quel âge as-tu ?

J'hésitai. Je pourrais dire quinze ans, et ce serait presque la vérité, mais n'était-ce pas trop jeune ?

– Quel âge tu me donnes ?

Il pencha la tête.

– Dix-sept ans ?

– Pas loin. Et toi ?

– Dix-sept pour encore quelques semaines.

Et j'aurai quinze ans dans quelques semaines. Nous n'avions que trois ans d'écart. Parfait pour moi.

– Je te vois plus tard. Merci encore. Il hocha la tête et me raccompagna jusqu'à la porte.

Je le laissai me regarder m'éloigner. C'était difficile d'avoir une démarche séduisante en traversant un champ en sandales, tout en poussant une brouette. Mais je fis de mon mieux. Question de priorité.

CHAPItRE 3

Je trouvai Tad à quatre pattes, tirant des carottes hors de terre.

– Salut.

Il s'assit sur ses talons.

– Tu en as mis du temps.

Le sentiment heureux lié à Rand se dissipa.

– Le temps qu'il a fallu pour tout trouver. Tu ne m'as pas dit que j'avais besoin de cageots.

Il frotta son gant sur son menton, laissant une grosse traînée de terre. Je décidai de ne rien lui dire. De toute façon, il aurait pensé que c'était un commentaire en rapport avec la mode.

– Je ne peux pas penser à tout, dit-il. Je m'attends à ce que tu te débrouilles un peu toute seule.

– N'est-ce pas ton boulot de te souvenir de tout ? Ce n'est pas ma faute si je suis nouvelle. M. Novak dit que tu es une sorte de vedette ici. Alors je suppose qu'il s'attend à ce que rien ne t'échappe.

Je croisai les bras. Il faisait si chaud que je sentais déjà la sueur dégouliner le long de mon dos.

– Je ne suis pas nulle, Tad.

Il sembla surpris.

– Je n'ai jamais dit que tu l'étais.

– Pas besoin. Ce que tu penses de moi est si évident.

J'avalai ma salive, essayant de refouler mon sentiment d'hostilité. Depuis quand je laissais les opinions des autres me blesser ? Si je le faisais, celles de mon père et de ma mère m'achèveraient. Si je pouvais survivre à mes parents, Tad n'était pas un problème.

Alors, pourquoi étais-je si bouleversée ? Probablement un résidu de l'affaire de Los Angeles. Grosse erreur de laisser mon père avoir autant de pouvoir. Cela ne se reproduirait plus. Il était temps que je me concentre sur le présent, sur mon besoin de conserver mon travail.

– Alors, je fais quoi ?

Tad piqua sa petite pelle dans la terre et se leva.

– Viens par là.

Poussant ma brouette sur le sol cahoteux, j'emboîtai le pas à Tad. Je parie que Rand aurait offert de pousser la brouette à ma place. Non pas que j'avais besoin d'aide, mais j'aurais volontiers accepté une petite démonstration de simple politesse.

La brouette glissa dans une ornière et se renversa, éparpillant les cageots vides, les outils et les gants dans le champ. Ignorant totalement l'incident, Tad continua à marcher.

Je te déteste ! Il n'entendit pas mon juron mental. Je parvins à replacer mon chargement dans la brouette avant qu'il ne se retourne.

– Alors, tu viens ?

Je ne dis rien, me penchai sur la brouette et la poussai à travers le champ. Il m'amena à un endroit situé à presque trente mètres de celui où il travaillait, puis il s'arrêta.

– Ici.

Je lâchai la brouette et regardai mes mains. Elles étaient brûlantes et pleines de taches rouges à la base des doigts. Des ampoules ? Rand ne plaisantait pas au sujet des gants. J'imagine qu'ils auraient dû être sur mes mains plutôt que dans la brouette, hein ?

Tad se mit à genoux.

– Regarde.

Je regardai la terre, puis mon short blanc et décidai de rester debout.

Il enfonça une petite pelle dans la terre et fit ce truc du remuage tout en tirant sur une partie verte feuillue, puis une botte de carottes sortit de terre. Super. Il secoua la terre, attacha la partie feuillue et déposa la botte dans un cageot.

– Compris ?

– Pas de problème.

Cela ne me semblait pas très difficile.

– Bien. Finis cette rangée, dit-il en la montrant du doigt, puis viens me voir.

La rangée ? Elle semblait mesurer vingt-sept kilomètres de long. Il me faudrait toute une journée pour la parcourir, sans compter qu'il fallait ramper pour déterrer les carottes.

Tad me regarda.

– Problème?

Je fis la grimace.

– Désolée de te décevoir, mais non, je vais bien.

– Tu penses que je veux que tu aies un problème?

Il me tendit la pelle.

– Crois-moi, je serais ravi de te voir te débrouiller toute seule en moins de cinq minutes. Ce n'est pas pour m'occuper de quelqu'un qui ne veut pas se salir que je suis ici.

Je saisis la pelle.

– Je me salis.

– Vraiment? Ton short me semble super blanc.

Je lui lançai un regard qui tue et m'assis par terre, short blanc ou pas. Il leva un sourcil.

– Demain, tu devrais porter un jean ou des genouillères. Tes genoux vont être en compote au bout d'une journée à quatre pattes dans les champs.

Encore une fois, merci de m'avoir prévenue. Je me demandais si Rand avait une paire de genouillères supplémentaire.

– Ça ira.

Il haussa les épaules.

– Si tu as besoin de moi, crie.

Ha! Je laisserais un serpent à sonnette me mordre avant d'admettre à Tad que j'avais besoin de son aide. Plusieurs heures plus tard, je regardai ma montre. Puis, je la secouai et la regardai de nouveau. S'était-elle arrêtée ? Selon elle, je n'aurais travaillé que trente minutes. Impossible. J'étais en train de fondre au soleil. Mes muscles me faisaient mal. Mes genoux n'en pouvaient plus. Et j'étais si assoiffée que je m'attendais à tomber en poussière à tout instant. Les gants de Rand étaient si grands que chaque fois que j'essayais d'attraper quelque chose, les doigts se repliaient au bout et s'emmêlaient.

Mais si je tentais de travailler sans gants, je massacrais totalement mes mains. Alors, je portais les gants et j'étais exténuée.

Je lançai une autre botte dans le cageot et vérifiai ma récolte. Six ? J'avais déterré seulement six bottes ? Je me rassis sur mes talons et regardai au loin. Tad était tout au fond du champ, et des bottes de carottes volaient dans les airs en succession rapide.

Il portait des écouteurs et sifflait. Sifflait. Comment pouvait-il siffler ? C'était la pire des tortures.

– Allie !

Mon cœur fut catapulté hors de mon corps. Je hurlai et sautai sur mes jambes. Natalie se tenait derrière moi, riant.

– Tu m'as foutu une de ces trouilles !

– Désolée.

Elle déposa un cageot dans la rangée suivante et s'agenouilla.

– Ils sont à court de carottes, alors je viens t'aider.

Natalie portait des genouillères par-dessus son jean et une paire de gants neufs parfaitement ajustés à ses mains. Elle avait aussi une bouteille d'eau à la ceinture.

– Comment savais-tu qu'il fallait apporter tous ces trucs ? demandai-je.

– Quels trucs ?

Elle semblait enjouée et heureuse, et ses joues étaient déjà rougies par le soleil.

– Les genouillères et les gants, dis-je.

– Oh ! C'était dans le courriel de M. Novak de la semaine dernière.

Un courriel que je n'avais jamais reçu, n'étant pas encore sur sa liste d'employés. Charmant. D'un autre côté, je n'avais plus à en faire une affaire personnelle. C'était simplement le prix à payer pour m'être inscrite en retard. Natalie se mit à tirer sur une botte de carottes.

– Alors, tu as un gars mignon, hein ? Il est charmant ?

– Un crétin, oui.

J'observai la technique de Natalie et essayai de l'imiter.

– Comment fais-tu pour les déterrer aussi facilement ?

– Tu dois tirer en tournant un peu.

Elle me montra, mais je n'y arrivais toujours pas. Alors, elle me rejoignit dans ma rangée et m'expliqua exactement où mettre mes mains et comment tourner.

– Comme ça ?

– Presque, dit Natalie.

Elle positionna ma pelle pour moi.

– Mets-la juste ici, comme ça, et… voilà.

– Beau travail.

Nous levâmes toutes deux les yeux en même temps. Tad se tenait devant nous. Le soleil rehaussait les mèches rouges dans ses cheveux marron clair. Je paierais cher pour avoir des mèches naturelles comme les siennes. Et je vous parie qu'il ne les appréciait même pas.

– Je suis Tad.

Puisque je le connaissais déjà, je supposai que la présentation ne m'était pas destinée.

Natalie lui tendit sa main gantée crasseuse et il la serra.

– Natalie. Amie d'Allie.

Tad tourna son regard vers moi, puis de nouveau vers Natalie. Je savais qu'il se demandait ce que nous pouvions bien avoir en commun. Quoi ? Parce que Natalie était beaucoup plus intéressante que moi ? Depuis quand Natalie attirait-elle l'attention des gars plus que moi ? Depuis que la terre et la récolte de carottes étaient devenues importantes, apparemment.

— Tu es nouvelle, n'est-ce pas? demanda Tad. Natalie hocha la tête.

— Premier jour.

— Comment as-tu appris à déterrer les carottes? Elle haussa les épaules.

— Par moi-même. Pas très difficile.

Elle jeta une botte dans son cageot.

— Ils sont à court de carottes au stand, alors ils m'ont envoyée ici pour vous aider. Un regard de Tad me dit que si j'étais plus rapide, ils n'auraient pas besoin de m'envoyer de l'aide. Comme c'était injuste! Je faisais mon possible!

— Merci de ton aide, dit Tad.

Puis il lui sourit. Sourit! Je ne pensais même pas que sa bouche était capable de sourire. Et c'était pour Natalie? Elle sourit en retour.

— De rien. C'est amusant.

Je fixai Natalie.

— Tu trouves que c'est amusant?

— Bien sûr. Mieux que de grimper des collines en courant pendant deux heures par une journée torride.

Tad parut intéressé.

— Tu es une coureuse?

– Ouais. Cross-country et piste.

– Tu veux courir un peu, après le travail ?

– Bien sûr. Mais pas aujourd'hui, parce que je n'ai pas mes chaussures de course. Demain ?

Tad approuva.

– D'accord. Content de faire ta connaissance, Natalie.

Sans même un regard vers moi, il retraversa le champ jusqu'à sa brouette.

– Il a l'air sympa, dit Natalie. Pourquoi dis-tu qu'il est un crétin ?

Je le regardai fixement.

– Il ne me traite pas comme ça.

– Comme quoi ?

Deux autres bottes de carottes atterrirent dans le cageot.

– Comme un être humain.

– Vraiment ?

Natalie posa les mains sur ses hanches et regarda Tad s'éloigner.

– Que fait-il ?

– Le méchant.

Je déglutis et réalisai que j'avais l'air minable.

– Je veux dire, il me traite comme si j'étais une starlette qui ne veut pas travailler dur, comme si je l'empêchais de faire des choses plus importantes.

Natalie me lança un regard.

– Eh bien, tu as fait fort sur le maquillage aujourd'hui, et cette tenue n'est pas exactement ce que la plupart des gens choisiraient pour aller travailler dans les champs.

Elle leva la main avant que je ne puisse protester.

– Je sais que tu travailles fort, continua-t-elle, mais tu ne peux pas le blâmer d'avoir une mauvaise impression de toi.

Je n'étais pas d'humeur à laisser à Tad le bénéfice du doute. Natalie ne lâcha pas.

– Qui sait ? Son pauvre cœur a peut-être déjà été brisé par une jolie fille qui ne trouvait pas le travail champêtre assez digne. Et maintenant, il craque pour toi, mais il est trop blessé pour croire qu'il y a de l'espoir, alors il essaie de te repousser avant que tu ne le fasses souffrir.

En dépit de mes meilleurs efforts pour continuer à m'apitoyer sur mon sort, je me mis à rire.

– Ou il est tout simplement un abruti.

– Peut-être. Mais je crois qu'il craque pour toi. J'attrapai une touffe verte et enfonçai la pelle.

– Tu rigoles. Je sais quand les mecs craquent pour moi. Ils draguent, ils sourient et ils font tout pour que je sois gentille. Tad pense vraiment que je suis nulle.

Je lançai un regard furieux à son dos à l'autre bout du champ. Et je ne suis pas nulle, pour la précision.

– Il ne pense pas que tu es nulle, dit Natalie. Elle leva un sourcil en me voyant rouler les yeux.

– Tu veux parier?

Je lui jetai un coup d'œil. Elle entamait déjà son deuxième cageot.

– Qu'est-ce que tu racontes?

– Je parie que tu peux l'avoir.

– D'abord, tu es celle avec qui il veut aller courir. Ensuite, je ne cours pas après les gars. Ils me courent après, ou je m'en vais. Traduction: Si je m'intéresse suffisamment à un gars pour le draguer, il pourrait me blesser. Si je traite un gars comme un bibelot dont je me fiche, je suis en position de pouvoir, pas vrai? Courir après Tad me mettrait dans une position vulnérable, même dans le cadre d'un pari. Pas question. Natalie roula les yeux et envoya trois bottes de carottes dans mon cageot.

– Tous les gars veulent aller courir avec moi. Je suis leur amie. Leur copine. Pas une fille. C'est sans doute aussi le cas pour Tad.

– Bon. Mais peut-être que, toi, tu le veux. Je ne me mettrai pas entre vous deux. Natalie cessa de déterrer et me fixa.

– Tu as la trouille.

– La trouille? Moi? Tu rigoles.

Je n'avais peur de rien ni de personne.

– La trouille de quoi ?

– De Tad. D'être rejetée.

Elle tapa sa pelle sur ma cuisse.

– Je ne veux pas de lui, dis-je. Il est un coureur, et je ne sors pas avec les coureurs. Ils suent, et se salissent, et me rappellent l'entraînement en piste. Alors ton raisonnement ne tient pas.

Je piquai ma pelle dans la terre. Durement. Je déteste ce truc.

– Tu as peur d'avoir trouvé quelqu'un à qui te mesurer, poursuivit-elle.

– Absolument pas. Je pourrais l'avoir si je le voulais.

Mais je ne voulais pas de lui, pas plus que de mon père. Bon, d'accord. Je voulais vraiment avoir mon père. Mais tous mes efforts avaient été vains et j'avais certainement appris ma leçon. Il n'y aurait pas de désir ardent pour des garçons qui ne m'adoraient pas dès le premier instant.

– Mais pourquoi s'en faire ? continuai-je. Il y a d'autres gars plus intéressants. Comme Rand. As-tu rencontré Rand ? Il m'a prêté ses gants.

Pas comme Tad, qui avait même omis de me parler des cageots.

– Rand ? Non. C'est un coureur de jupons !

Je réussis à détourner l'attention de Natalie vers une discussion sur les mérites de Rand. Je n'avais toutefois pas oublié notre conversation. Je ne pus m'empêcher de jeter des coups d'œil vers Tad, qui s'éloignait à une vitesse folle. Natalie aurait probablement pu suivre son rythme, mais elle n'arrêtait pas de mettre ses carottes dans mon cageot. Une vraie amie, même si elle pensait que Tad irait bien avec moi. En tout cas, je n'allais pas gâcher mon été en me préoccupant d'un type qui ne voulait pas de moi. Voilà.

***

À quinze heures, je m'effondrai sur la banquette arrière de la Suburban de la mère de Blue. Je fermai les yeux, laissai ma tête tomber sur le siège et priai pour que le stand brûle complètement avant le lendemain matin. Mes amies étaient occupées à bavarder. Comment était-ce possible ? N'étaient-elles pas exténuées ? Puis, j'entendis Blue mentionner une caisse enregistreuse et je me redressai.

– Tu t'occupes de la caisse ?

Elle hocha la tête.

– Je suis en formation, en fait. Je ne tiens la caisse que lorsque c'est calme. Sinon, j'aide Frances à remplir les rayons.

– Remplir les rayons ? Tu veux dire que tu transportes les produits de l'arrière-boutique au stand ?

– Ouais. As-tu idée du nombre de garçons mignons qui y travaillent ?

Blue soupira.

– C'est presque assez pour faire regretter à une fille d'avoir déjà un petit ami.

– Autant que ça ? J'en ai vu deux. Ou un, plutôt. Un mignon et un crétin. J'ai passé le reste de la journée à bavarder avec la terre et les carottes.

– Tu as aussi bavardé avec un gars mignon nommé Tad, dit Natalie.

Malheureusement, comme elle était sur le siège devant moi, je ne pus lui envoyer un coup de pied. Je me promis de le faire plus tard. Assise à côté de moi, Frances me donna une tape sur l'épaule.

– Allez, raconte.

Blue se retourna et se pencha au-dessus du siège.

– Ouais. Comment se fait-il que nous soyons à mi-chemin de la maison et que tu n'aies pas mentionné Tad ?

– Parce que c'est un crétin.

Natalie secoua la tête.

– Je crois qu'il est follement amoureux d'elle et qu'il ne sait pas quoi faire.

– Aucune chance.

S'agissant de Rand, je n'aurais pas protesté. Sans affirmer qu'il m'aimait, je pouvais au moins dire qu'il ne me traitait pas comme si j'avais la rage. Blue semblait amusée.

– Je ne sais pas. Colin n'a jamais eu le béguin pour Allie. Ça se peut.

– Merci… je suppose.

– Même chose pour Théo, dit Frances. Il a même dit qu'il ne savait pas trop pourquoi tant de garçons tombaient amoureux de toi.

Bon. La conversation prenait une tournure peu désirable, même si mes amies étaient d'accord avec moi, d'une façon assez bizarre, en disant qu'il était fort possible que Tad ne m'aime pas.

– Je n'ai jamais été attirée par Colin ou Théo.

– Alors c'était réciproque, dit Blue.

– Tu ne l'étais pas sans doute parce que tu t'étais rendu compte que tu ne les attirais pas, suggéra Frances. Un mécanisme de défense subliminal.

Je la dévisageai.

– Tu es psychiatre ou quoi ?

– J'y pense. Bonne idée, hein ? L'école de médecine. Mes parents ne toucheront plus terre à la pensée d'avoir une fille docteure.

Frances roula les yeux.

– Ils sont si bizarroïdes.

Elle avait tellement tort. Il ne s'agissait pas d'un mécanisme de défense. Je n'avais jamais craqué pour Colin ou Théo. Si j'avais essayé de les draguer, je les aurais eus. Mais je ne l'avais pas fait. Natalie semblait partager mon avis.

– Donc, vous dites qu'il y a des gars qui sont immunisés contre Allie ?

Frances et Blue hochèrent la tête simultanément.

– Absolument.

Natalie sourit.

– On parie ?

Je redressai péniblement mon corps fatigué en position de combat.

– Ne remets pas ça. Pas de pari.

– Quel pari ? demanda Blue.

– Allie et moi allons parier qu'elle peut conquérir Tad d'ici la fin de l'été. Vous deux semblez penser qu'il y a des garçons immunisés. Alors, je suppose que vous voulez parier qu'elle n'arrivera pas à le séduire.

– Natalie, quelle idée stupide. Je ne vais pas courir après Tad.

Malgré ce que Natalie pouvait penser, il ne m'aimait vraiment pas, et je ne perdais jamais mon temps avec les gars qui ne m'aimaient pas. Pas parce que je ne pouvais pas les conquérir. Mais pourquoi se donner du mal alors qu'il y avait tant d'autres garçons qui n'attendaient que ça ? Blue et Frances rapprochèrent leur tête et chuchotèrent derrière leurs mains, tandis que je lançai un regard furibond à Natalie.

– Je ne vais pas faire un pari stupide.

Les deux chuchoteuses se séparèrent.

– OK, voici le marché. On sait que certains garçons ne sont pas attirés par Allie, mais on doit s'assurer que ce Tad fait partie du nombre. On ne va pas parier sur un type qui lui a déjà demandé de sortir.

Je grognai.

– Croyez-moi, Tad ne me demandera pas de sortir avec lui, sauf sous menace de mort.

Frances et Blue haussèrent les sourcils, et je pris un air mauvais.

– Je ne relève pas ce pari. Pas question. Je m'amuse avec les garçons. Je ne parie pas sur eux.

Elles m'ignorèrent toutes, dressant des plans pour Blue et Frances visant à examiner l'interaction entre Tad et moi le lendemain.

Totalement humiliant. Un pari pour montrer combien j'étais peu séduisante. Il était hors de question que je laisse la chose se produire. Je ne voulais pas être obligée de forcer un gars à m'aimer. Comme si je n'avais pas déjà eu mon quota de rejets dans ma vie.

Tad était de l'histoire ancienne. Rand était le gars dont j'avais besoin. En fait, ce dont j'avais vraiment besoin, c'étaient des genouillères, une bouteille d'eau et une paire de gants de travail. Je devais trouver un moyen de me rendre au centre commercial dans la soirée pour me les procurer. Ensuite, je m'attaquerais à la question de Rand.

Et je n'allais pas penser à Tad, ni à mon père, ni à je ne sais quoi. Des gants de travail et Rand. Voilà tout ce qu'il me fallait.

CHAPItRE 4

Le lendemain matin, je trouvai Tad en train de charger sa brouette dans la remise. J'étais en jean, munie de tout mon équipement acheté la veille. Aucun parent de mes amies n'étant en service de covoiturage, et ma mère étant absente, j'avais pris le taxi pour me rendre au centre commercial.

Aucun problème. C'était pour ce genre de choses que ma mère me laissait de l'argent quand elle sortait. De l'argent pour se déculpabiliser. J'étais vêtue d'un mignon tee-shirt rose et d'une paire de baskets à la fois pratiques et très tendance. Je portais le même maquillage que la veille, que je trouvais fort correct, et je m'étais recoiffée.

La combinaison parfaite de la nana mignonne, mais prête à travailler fort. Tad verrait combien il s'était trompé à mon égard.

– Salut, Tad.

Il leva les yeux et détailla ma tenue. Puis, il hocha la tête.

– C'est mieux.

Mieux ? C'était tout ce qu'il pouvait dire ? Pas d'inspection prolongée ? Juste « mieux » ?

– Tu n'as pas de tee-shirt Sam ?

Mon tee-shirt était génial. Le col en « V » donnait un décolleté plongeant, et la taille ajustée montrait mes courbes. Et il voulait que je porte ce sac à patates bleu marine ?

Blue et Frances entrèrent dans la remise, en poussant un petit cri de surprise totalement feinte.

– Oh ! pardon, nous ne savions pas que vous étiez là.

Je les regardai hargneusement, mais Tad semblait amusé. Amusé. Pourquoi l'amusaient-elles alors que je le dégoûtais ? Frances et Blue se présentèrent rapidement, et Tad en fit autant très amicalement. Jusqu'à ce qu'elles disent qu'elles étaient mes amies. Dès lors, son comportement changea. Pas beaucoup. Mais je vis ses yeux se tourner vers moi de nouveau.

– Quoi ? Sont-elles trop normales pour être amies avec moi ? dis-je d'un ton sec.

Tad parut surpris.

– Quoi ?

– Chaque fois que tu rencontres une de mes amies, tu me regardes d'un air éberlué, comme si tu te demandais comment une personne normale pouvait être mon amie. Qu'est-ce qui te dérange chez moi ?

Je n'en pouvais plus. J'étais trop mal à l'aise face à quelqu'un qui ne m'aimait pas, surtout quelqu'un avec qui je devais travailler. Tad regarda mes amies, puis moi, puis se balança de son pied droit sur son pied gauche. Puis, sur son pied droit de nouveau.

– Est-ce que je te rends nerveux ?

– Rien.

– Rien ? Alors pourquoi tant d'hostilité ?

Tad avait l'air encore plus gêné.

– Je ne suis pas hostile.

– Tu n'es certainement pas comme Rand.

– Rand? répéta-t-il en plissant les yeux. Tu veux que je sois comme Rand?

– Lui, au moins, semble penser que j'ai du mérite. Et il ne s'attend pas à ce que je sois une experte en travail de ferme dès mon premier jour.

Tad haussa les épaules.

– Si tu veux faire équipe avec lui, ne te gêne pas pour le demander.

Ouais. Tu parles. Comme si je pouvais me permettre de voir M. Novak remettre en question sa décision de dernière minute de m'ajouter à son personnel. Et pourquoi Tad se fichait-il que je le quitte? Parce qu'il était un crétin. Et je n'allais pas m'en faire à cause de lui. Blue lança son bras autour de mon épaule.

– On dirait que c'est parti. Toi et Natalie, contre Frances et moi.

– Pas question.

– Bonne chance. Les conditions seront négociées sur le chemin du retour. Bonne journée à vous deux, dit Frances en souriant à Tad.

Je les mitraillai du regard. Elles sortirent d'un pas nonchalant, sans le moindre signe d'hésitation. Me laissant seule avec Tad. Qu'étais-je censée dire?

– Prête?

Je le regardai, debout avec son équipement. Je réalisai qu'il était mignon. Pas mignon comme Rand. Mignon comme quelqu'un qui devrait être gentil et me faire sourire. Je voulais qu'il me sourie. Juste une fois. Parce qu'il le voulait. Il plissa le front et me regarda.

– Eh bien! quoi?

– Rien.

Je ramassai mon équipement et le mis dans la brouette.

– On va où?

– Aux tomates.

Génial. J'aime les tomates.

Je hais les tomates. Je hais ces stupides tuteurs, et ces petites attaches, et ce stupide engrais, et ce tuyau meurtrier, et tout ce qui touche à une stupide ferme. Après deux semaines de travail aux côtés de Tad, je ne voyais aucune amélioration. Ma présence l'embêtait toujours autant. Je ne pigeais toujours rien aux trucs de ferme. Et je n'avais échangé que quelques mots avec Rand, qui semblait travailler dans une autre partie de la ferme. En fait, mon été avait été plutôt nul jusque-là. Pendant que mon esprit vagabondait, je reposais sur le dos, les yeux rivés sur le ciel bleu, après avoir trébuché sur le tuyau. L'eau giclait sur le côté gauche de mon jean, transformant mon lieu de repos en une grosse flaque de boue, et je m'en fichais. J'étais seule. Avec un peu de chance, la boue se transformerait en sables mouvants. Je m'enliserais lentement sous la terre et y trouverais la paix. Mon soleil se voila. Tad surgit au-dessus de moi.

– Tu vas bien ?

– Oui. Je prends une pause.

– Dans la boue ?

– J'étais trop propre.

Il rit et me tendit la main.

– Je vais t'aider à te relever.

Je fronçai les sourcils.

– Pourquoi es-tu gentil ?

Derrière son offre de me sortir de la boue se cachait inévitablement une arrière-pensée. Le matin, comme tous les jours précédents, j'avais vu mes soupçons se confirmer. Tad pensait que j'étais débile. Il était insensible à mon apparence et il était ennuyé au plus haut point d'être coincé avec moi. Alors, je n'allais certainement pas croire qu'il voulait sincèrement m'aider. Son sourire se dissipa, et il laissa tomber sa main.

– Tu penses vraiment que je suis méchant ?

– Avec moi.

La boue formait une mare autour de moi, et je me rendis compte de ma stupidité. Comme si me baigner dans la boue allait résoudre mes problèmes.

– Allie !

Rand apparut à côté de Tad.

– Qu'est-il arrivé ?

Une inquiétude sincère se lisait sur son visage. Alors, je lui souris.

– Je me suis battue avec le tuyau. J'ai perdu.

– J'imagine.

Sans attendre mon consentement, il me saisit sous les bras et me remit sur mes pieds. Quel homme. Il avait pris en charge mon sauvetage. C'était ce qu'il me fallait.

– Tu es dans un drôle d'état.

– Merci de me le faire remarquer.

Il était l'un des gars mignons que je voulais impressionner et j'avais encore une chance de le faire. Mon maquillage devait être intact, puisqu'il était plaisant avec moi.

– Tout à fait mignon.

Tad roula les yeux et fit un bruit agacé. Je songeai à lui tirer la langue, mais décidai de l'ignorer. Il saisit alors le tuyau.

– Tourne-toi.

Je fixai l'eau qui jaillissait du tuyau.

– Tu vas m'arroser ?

– Tu veux rester couverte de boue toute la journée?

– Ben non, mais…

Je regardai Rand. Était-ce la procédure normale? Rand avait l'air amusé. Se moquait-on de moi ou était-ce réglo? Je ne m'étais jamais sentie aussi peu sûre de moi en présence de garçons. C'était entièrement la faute de mon père. Il m'avait totalement déboussolée.

À ce moment-là, Natalie apparut, un panier de maïs sous le bras. Elle évalua rapidement la situation, puis déposa le panier et se dirigea vers moi.

– Vous allez l'arroser?

Tad haussa un sourcil.

– Salut, Natalie.

Elle fit un signe de tête.

– Arrosez-moi aussi. Je crève de chaleur.

Elle se tint près de moi et mit son bras autour de mon épaule.

– Euh… Nat?

Elle me fit un clin d'œil et nous tourna de façon à faire dos aux garçons.

L'eau froide me coupa le souffle, et je vis la bouche de Natalie s'ouvrir sous le choc. Après un instant, elle me sourit.

– Amusant, hein?

– Amusant ?

Elle se pencha vers moi, s'arc-boutant contre l'attaque de l'eau dans nos dos.

– Tu es sur une ferme. Tu dois te détendre et t'amuser. Montre à Tad que tu vaux plus qu'une manucure et des sandales.

– Je ne fais pas ça pour Tad, marmonnai-je.

Je recrachai une gorgée d'eau lorsque le jet frappa mon visage. J'aurais juré avoir entendu des ricanements masculins.

– Le pari tient toujours avec Blue et Frances, dit Natalie. Et je déteste perdre. Alors tu feras ce que je te dirai de faire.

Elle baissa la voix alors que les gars riaient.

– Prends le tuyau et arrose-les.

– Quoi ? Non…

Elle nous fit pivoter, et nous reçûmes de l'eau en pleine figure. Rand tenait le tuyau maintenant, et il semblait y prendre beaucoup de plaisir. Tad se tenait à ses côtés, l'air incertain. Redoutant probablement que je l'attaque ou je ne sais quoi. Natalie me donna un coup de coude, et je vis que le tuyau traînait sur le sol près de mon pied. Ce serait si facile de le prendre des mains de Rand sans même qu'il s'en rende compte. Je regardai Tad sans conviction. Puis, je vis l'amusement sur le visage de Rand et je sus qu'il ne s'agissait plus d'une simple question de boue. J'oubliai Tad et axai ma vengeance sur Rand.

Je prétendis vouloir relacer mon soulier (et reçus une trombe d'eau sur la tête), puis je saisis le tuyau et le tirai fermement. Il tomba aussitôt de la main de Rand. Natalie plongea dessus, et nous le pointâmes ensemble vers les garçons. Disons que je visais Rand, et Natalie visait Tad. Alors, tous deux reçurent une dose frontale d'eau. Rand hurla, et j'éclatai de rire. Il semblait si outré que c'était hilarant. Même Tad riait un peu. Ce qui ne voulait pas dire que je l'aimais pour autant.

– Que se passe-t-il ici ? cria M. Novak suffisamment fort pour nous faire lâcher le tuyau instantanément.

J'écartai mes cheveux trempés de devant mes yeux et décollai mon tee-shirt mouillé de mon corps.

– Je suis tombée dans la boue, et ils m'arrosaient pour me rincer.

M. Novak regarda le groupe tout mouillé, et je crus voir le coin de sa bouche se tordre.

– Êtes-vous tous tombés dans la boue ?

Natalie sourit.

– Juste Allie. Nous, nous rigolions.

Natalie ! Je marchai sur son pied et lui lançai un regard menaçant. Elle allait vraiment nous mettre dans le pétrin. Mais M. Novak n'avait d'intérêt que pour Tad.

– Tu me déçois.

La gaieté disparut des yeux de Tad, et il sembla de nouveau contrarié.

– Hé ! Je n'y étais pour rien. Elle était pleine de boue. Je ne faisais que la rincer.

Natalie dégoulinait toujours, et Tad et Rand étaient trempés. Je me demandai si mon maquillage avait coulé, ou s'il avait totalement disparu. Dans les deux cas, je n'étais plus exactement une accro de la mode.

M. Novak leva un sourcil.

– Gardez les batailles d'eau pour après le travail, d'accord ? Rincer est acceptable. Mais rien de plus. Compris ?

Nous hochâmes tous la tête. Maintenant, il allait certainement me signifier mon renvoi.

C'était l'excuse dont il avait besoin. Je me raidis.

– Allez, retournez au travail.

M. Novak nous adressa un regard sévère, adouci par une petite lueur que je pouvais détecter.

– Et travaillez tous hors de la vue des clients, pour ne pas les effrayer.

C'était tout ? Je n'étais pas vraiment dans le pétrin ? Je regardai Natalie, qui me sourit malgré l'eau qui dégoulinait de son menton.

– Dis donc, je me sens beaucoup mieux maintenant. Plus de danger que je fonde, annonça-t-elle. Merci pour l'arrosage, les gars.

Elle ramassa son panier de maïs.

– À plus tard.

– On va toujours courir après le boulot? demanda Tad.

– Ouais.

Elle me fit un clin d'œil.

– À plus.

Elle me laissa avec Rand et Tad. Rand me fit une grimace.

– Je ne peux pas croire que tu m'aies aspergé.

De retour dans ma zone de confort. Flirter avec un garçon.

– Est-ce que je suis trop forte pour toi?

Il haussa un sourcil.

– À ton avis. Tu as quelque chose vendredi?

Tad plissa les yeux et se retourna pour enrouler le tuyau.

– Peut-être. Pourquoi?

Stratégie d'Allie: Ne jamais faciliter les choses pour un gars.

– Tu veux aller à une soirée?

– Avec toi?

Tad fit un bruit d'enfer en jetant le tuyau contre le bâtiment.

– Ouais. Ça t'intéresse? demanda Rand.

Surprenant. Il me demandait de sortir avec lui alors que j'étais complètement trempée, décoiffée et sans maquillage. Sans doute parce que mon tee-shirt collait à mon corps et qu'il se souvenait de quoi j'avais l'air avant de me faire laver. Je ne l'aurais certainement pas intéressé dans mon état actuel.

– Je dois vérifier mon agenda. Je te donnerai ma réponse demain.

– Allie, nous avons du boulot. Tu es prête ?

Tad mit mes gants dans ma main. Génial. Retour de l'hostilité dans la voix de Tad.

Je lançai un regard contrit à Rand avant de l'abandonner. En réalité, je n'étais pas désolée pour lui. C'était bon de le mener à la baguette. En attendant, j'étais de nouveau seule avec Tad. Je marchai à l'allure de Tad, mes pieds faisant « splatch ! » à chaque pas. Il ne dit rien, et moi non plus.

Rien ne me venait à l'esprit. Depuis quand étais-je muette en présence d'un garçon ? Je ne faisais jamais attention à ce que je disais. Si le gars m'aimait, tant mieux. S'il ne m'aimait pas, tant pis pour lui. Le monde regorgeait de garçons. Alors pourquoi étais-je différente avec Tad ? À cause du pari ? Non. Je ne voulais même pas y participer.

Il s'arrêta au milieu d'un autre champ.

– Carottes.

Carottes. Je hais les carottes. Quelle importance, de toute façon ? Je m'agenouillai et commençai à creuser. Tad ne s'installa pas dans la rangée suivante. Au lieu de cela, il travailla à côté de moi. Nous remplîmes les cageots les uns après les autres. Après un moment, il s'éclaircit la voix.

– Tu es fâchée à cause de cette histoire d'arrosage ?

Je le regardai avec méfiance. Espérait-il que ce soit le cas ? Ce qui signifierait qu'il avait réussi à me ridiculiser. Ou se sentait-il mal ? Comme il était concentré sur les carottes, je ne pouvais pas voir son visage. Forcée de répondre sans connaître sa motivation, je décidai de jouer franc jeu.

– Je ne suis pas fâchée. En fait, j'ai trouvé ça plutôt drôle. Du moins, lorsque c'était à votre tour de vous faire arroser. Rand semblait si en colère que c'était désopilant.

Il retira une botte de carottes de la terre.

– Tu aimes Rand ?

Je haussai les épaules.

– Je ne sais pas. Tu aimes Natalie ?

Il me regarda furtivement.

– Tu veux dire, l'aimer d'amour ?

– Oui.

– C'est ce qu'elle croit ?

– Non. Elle croit que vous n'êtes que des amis. Mais je crois que tu l'aimes.

Discuter de ses sentiments à l'égard de Natalie n'était pas la priorité dans ma liste de sujets de conversation. Au moins, il communiquait avec moi. C'était un début.

Il me jeta un coup d'œil.

– Elle est sympa. Amusante.

– Je peux être amusante.

Je tirai sur une carotte et la jetai dans le cageot. J'avais remarqué qu'il n'avait ni confirmé ni infirmé qu'il aimait Natalie. Après quelques minutes de silence, je me rassis sur mes talons et reposai mes gants boueux sur mes cuisses. Mon jean était brûlant.

– Je peux te demander quelque chose ?

Il ne leva pas les yeux.

– Bien sûr.

– Pourquoi tu ne m'aimes pas ?

Devant son air affolé, je précisai :

– « Aimes », pas comme *aimes d'amour*. « Aimes », comme *aimes bien*.

Il resta silencieux si longtemps que je crus qu'il n'allait jamais répondre.

– Je suis ici pour travailler, dit-il finalement. Quand je t'ai vue le premier jour, tu avais l'air rebutée par le travail. Je me suis dit que tu me ralentirais et te plaindrais toute la journée.

– Et maintenant ?

Il sourit.

– Tu me ralentis.

– Et les plaintes ?

– C'est moins désagréable que je ne le pensais.

Je hochai la tête et me sentis mieux. Sans trop savoir pourquoi. Mais c'était ainsi. Je n'avais plus le même degré d'antipathie envers les carottes. Après le travail, j'invitai mes amis à un festin de pizza chez moi. La mère de Blue avait offert de nous préparer un repas, mais nous étions trop affamés pour survivre à sa nourriture. Parfois, les mets végétariens organiques avaient du mal à passer. Par ailleurs, Colin et Théo aimaient traîner chez moi, où il n'y avait aucun parent dans les parages. Chez Blue, la présence des parents leur faisait perdre tous leurs moyens, en particulier Théo, qui était le frère de Blue. Avant même que nous ayons commencé à manger, Natalie remit le sujet sordide du pari sur le tapis.

– Alors, quels sont les règles du pari ? Tu ne peux éviter ce sujet indéfiniment, Allie.

Colin semblait intéressé.

– Quel pari ?

– Natalie…

– Il y a ce gars au travail, Tad, qui n'aime pas Allie. Blue et Frances ont dit que vous aviez tous deux affirmé qu'il existe des garçons immunisés à son charme. Selon elles, Tad en fait partie. Je ne suis pas d'accord. Alors, nous allons parier deux contre deux pour savoir si Allie le séduira, oui ou non, d'ici la fin de l'été.

Ignorant l'assemblée, je pris une bouchée de pizza au fromage.

— Alors, c'est vrai ? poursuivit Natalie. Allie ne vous fait pas craquer ?

Théo roula les yeux.

— Qu'essaies-tu de faire ? Nous mettre dans la merde ? Soit en insultant la meilleure amie de nos petites amies, soit en disant que nous aimons une fille autre que nos petites amies ? Pas question.

Colin approuva de la tête.

— Terrain dangereux. Je n'embarque pas.

Il lança à Blue un regard indiquant qu'il n'aimait pas trop le sujet. À mon avis, il avait vraiment dit ces choses sur moi et il ne voulait pas que je le sache. Colin ne m'intéressait pas. Mais, quand même, avait-il réellement dit à Blue qu'il n'y avait rien d'attirant chez moi ? Cette pensée n'avait rien de réjouissant. La pizza goûtait subitement le carton.

— Alors, le pari ? répéta Natalie. Il nous faut un gros enjeu.

Blue fit un grand sourire.

— Les perdantes doivent porter un soutien-gorge bourré au maximum le jour de la rentrée.

Je ne pus m'empêcher d'éclater de rire. En revanche, Natalie parut horrifiée.

— Pas question.

Ouais, l'enjeu serait plus gros dans une école mixte. De quoi se tordre de rire.

— Peur de perdre ? demanda Blue.

Natalie se redressa.

— Bien sûr que non.

Frances se tortilla sur sa chaise.

— Je ne suis pas sûre à propos de ce truc de soutien-gorge rembourré. Pouvons-nous faire quelque chose de moins public ?

— En plus, si Allie rigole, c'est qu'elle s'en fiche. Alors, elle ne fera rien pour gagner, protesta Natalie.

— Allons donc ! La gloire de conquérir le gars sera un motif suffisant pour elle, assura Blue.

— Oh ! vraiment ? dis-je. M'as-tu déjà vue courir après un gars qui m'a fait savoir que je ne l'attirais pas ? Jamais. Ai-je déjà passé une minute avec un gars qui ne manifeste aucun intérêt en retour ?

— Tu ne passes jamais plus d'une minute, même avec ceux qui le font, dit Frances.

Elle n'avait pas tort.

— En tout cas, je ne vais pas courir après Tad. Rand m'a déjà invitée à une soirée ce week-end.

Théo leva la main.

— Attends une seconde. Rand et Tad? Leur nom de famille ne serait pas « Novak », par hasard?

Quelque chose fit un bruit sourd dans mon ventre. Je regardai Théo.

— Le propriétaire de la ferme s'appelle M. Novak. Sam Novak. Mais je ne connais pas le nom de famille de Tad ou de Rand.

Je regardai mes amies, qui haussèrent toutes les épaules.

— Il s'agit probablement du même, marmonna Théo.

— Le même quoi?

Fréquentant l'école publique en ville, Théo voyait beaucoup de gars que je ne connaissais pas, à cause de ma misérable existence dans une école de filles.

— Les Novak. Il y a un Rand Novak qui joue à la crosse pour une école que nous affrontons. Et je crois que son jeune frère est un coureur. Tad, c'est ça?

Théo se frotta le menton.

— Rand est vraiment bon. C'est enrageant même. Toujours dans mes pattes quand nous affrontons son équipe.

— Des frères? Et Sam Novak? demanda Frances. Tu le connais?

Théo sembla réfléchir.

— Je crois qu'il pourrait aussi être le frère de Rand. Il y a beaucoup d'enfants dans cette famille très étendue. Il pourrait être un oncle ou je ne sais quoi. Quel âge a-t-il?

– Il a eu son diplôme universitaire il y a trois ans, dis-je.

J'avais tenu à enquêter sur M. Novak dès sa première apparition en classe de latin. Il était séduisant et jeune, et j'avais besoin de connaître les primeurs à son sujet.

– Il pourrait être un frère alors. Je pense que Tad est le cadet.

Impossible. Natalie semblait excitée.

– Eh bien, étant donné que Rand craque pour Allie et que M. Novak veut nous virer toutes les deux, le fait qu'ils soient parents rend certainement les choses plus intéressantes. Un peu de compétition fraternelle, et qui sait ce qui arrivera ? Le pari tient. Mais les perdantes devront porter un soutien-gorge rembourré au premier bal de l'année. Comme ça, tout le monde devra le faire en présence de garçons.

Il y eut un murmure général de consentement, mais j'étais trop occupée à digérer la nouvelle information. Rand, Tad et M. Novak. Tous frères. Je n'étais pas sûre de ma place dans le cercle. Pas sûre du tout.

CHAPItRE 5

Après avoir passé trois heures à couper des fleurs, je pris mon courage à deux mains et posai la question à Tad. Il avait été à moitié sympa toute la matinée, mais il avait roulé les yeux en voyant mon haut moulant. Pourquoi ne pouvait-il pas apprécier mon sens de la mode?

Je refusais de m'habiller comme un épouvantail juste pour lui plaire. J'aimais avoir belle allure. En fait, c'était la seule chose que je pouvais faire pour inciter les gens à m'aimer. Alors, qu'arriverait-il si je cessais de prendre soin de mon apparence? Je serais juste une autre perdante, avec des parents indifférents, sans petit ami ni talent quelconque.

J'avais donc verni mes ongles d'une couleur assortie à mon haut, bouclé mes cheveux et mis du maquillage. Mon travail du jour consistait à couper des fleurs. Alors, je coupai jusqu'à ce que je n'en puisse plus.

– Es-tu le frère de Rand?

Ses épaules se raidirent. Il hocha la tête. J'attendis qu'il dise quelque chose, en vain.

– Sam est-il aussi ton frère?

Un autre hochement.

– Et tu es le plus jeune?

Il me regarda.

– Qu'est-ce que ça peut te faire ?

Pff ! Belle hostilité.

– C'est juste pour faire la conversation.

– Bien.

Il laissa tomber une poignée de fleurs dans le seau.

– Prête à rapporter le tout ?

– Oui.

Qu'avais-je donc dit pour l'énerver ? Chose certaine, la trêve du matin était totalement rompue. Je le suivis à travers le champ avec ma brouette. Comme c'était celle que j'utilisais tous les jours, j'avais attaché des rubans rouges sur ses bras pour l'égayer. Au risque de mettre Tad en rogne, je n'avais pas peur de montrer que j'aimais les belles choses.

Nous arrivâmes à la remise derrière le stand principal. Natalie, Blue et Frances s'y trouvaient. Elles arrangeaient les fleurs, et Rand déplaçait des boîtes.

– Nous rapportons d'autres fleurs, annonça Tad.

Rand se précipita vers moi, prit ma brouette et la poussa à ma place.

– Comment vas-tu, Allie ?

Je lui fis un grand sourire.

– Super bien.

– Tu es toute mignonne.

Tad lâcha sa brouette en faisant un bruit sourd.

– Dis donc, Natalie, tu veux aller camper ce week-end?

Je me retournai vivement et vis les yeux de Natalie devenir tout ronds de surprise, puis se plisser en état de réflexion.

– Camper avec qui?

Elle fit semblant d'enlever des feuilles de la fleur sur laquelle elle travaillait, mais je ne tombai pas dans le panneau. Elle était totalement concentrée sur Tad. Je voyais bien qu'elle essayait de dresser un plan. Eh bien! elle pouvait faire une croix sur ce plan s'il m'incluait. Je bourrerais mon soutien-gorge en public avant de ramper pour un type qui ne voulait pas de moi.

– Ma famille, dit Tad. Nous allons camper dans le Maine. Mes parents, quelques-unes de mes sœurs et peut-être d'autres personnes. Je ne sais jamais exactement qui décidera de venir, mais nous serons au moins dix.

Elle passa le dos de sa main sur son front.

– Je ne sais pas. Je ne suis jamais allée camper de ma vie.

– Ça va être drôle.

Tad me jeta un coup d'œil.

– Pas d'eau courante, cependant.

Je faillis lui tirer la langue. Comme si je ne pouvais pas survivre sans eau courante.

– Écoute, j'irai si Allie y va, dit Natalie.

Hein ? C'était n'importe quoi ! Tad me jeta un regard mauvais que je soutins sans ciller.

– Je ne lui ai pas dit de dire ça, dis-je.

Je ne voulais pas qu'il pense que c'était une ruse de ma part.

Rand mit sa main sur mon épaule et me tourna vers lui.

– Hé ! c'est une bonne idée ! J'irai aussi.

Voilà qui changeait tout.

– Et ta soirée ?

Il haussa les épaules.

– Camper sera plus amusant. Nous pourrons aller nager. N'oublie pas d'emporter ton bikini.

Tad ronchonna et je sentis mes joues s'échauffer. Rand disait ouvertement ce qu'il pensait de moi. C'était un peu gênant.

– Génial. Marché conclu, dit Natalie en faisant un signe de tête à Tad. Allie et moi allons y aller.

– Super, dit Rand.

Il m'adressa un petit sourire qui fit retrousser mes orteils.

– Tu as déjà fait du camping ?

– Non.

Inutile de regarder Tad pour imaginer son regard dédaigneux, laissant entendre que j'étais nulle parce que je ne connaissais rien de la vie au grand air.

– Ne t'en fais pas. Nous sommes tous des pros, dit Rand.

Il regarda Tad.

– On a assez d'équipement pour elles, non?

Ont-elles besoin d'apporter quelque chose? Tad haussa les épaules.

– Non, je suppose.

C'était quoi son problème? Rand toucha mon bras.

– Apporte simplement tes effets personnels. Des vêtements chauds et un imperméable, au cas où il pleuve. Et des vêtements d'été, au cas où il fasse beau. On partira vendredi à la sortie du travail, alors prends ton sac avec toi.

Je regardai Natalie. Allions-nous vraiment faire cela? Partir tout le week-end avec Rand et Tad? D'accord, leurs parents seraient là. Mais camper? Genre, dans les bois? Sans eau courante?

Je veux dire, Rand était mignon et tout, mais quand même! Cette activité sortait trop de ma zone de confort. Totalement à l'encontre de mes règles. De plus, ma mère paniquerait à l'idée de me voir partir camper avec une bande de gens que je ne connaissais même pas.

Non. Elle ne paniquerait pas. Mon père non plus. Je pouvais faire ce que bon me semblait. Génial.

– Alors, c'est oui ?

Rand me regardait, sa main reposant toujours sur mon bras. N'était-ce pas adorable ? Il ne laissait pas Natalie mettre les mots dans ma bouche. Je parvins à sourire.

– Bien sûr. J'irai.

Rand hocha la tête et me gratifia d'un sourire à faire fondre les os.

– Bien.

Tad fit une sorte de grimace.

– Génial.

Après coup, il regarda Blue et Frances, qui bavaient presque d'excitation en suivant la discussion.

– Les filles, vous voulez venir aussi ? Je suis sûr que nous avons assez de tentes. Frances secoua immédiatement la tête.

– J'ai des plans avec mon petit ami pour le week-end, et elle aussi. Mais merci pour l'offre.

Blue approuva de la tête.

– Je ne suis pas vraiment du type camping. Mais vous, les amis, amusez-vous bien. Nous avons hâte d'entendre votre compte rendu.

Ouais. Bien sûr qu'elles avaient hâte. Elles passeraient leur week-end à regarder la télé, blotties contre leur petit ami sur un canapé, tandis que je me battrais contre des ours enragés résolus à me tuer.

Et dire qu'avant l'annulation de ma visite chez mon père, l'idée de rater cet été avec mes amies me déprimait. Même des coups de soleil graves et la présence d'une femme enceinte qui vomit auraient été mieux que ça. Tad m'observait, une lueur d'espoir dans ses yeux.

– Tu veux changer d'avis ?

Tu parles. Comme si j'allais admettre que je redoutais la vie dure dans les bois. J'étais capable de coucher à la belle étoile, à condition qu'il n'y ait pas d'ours, et j'allais le prouver.

– Non.

Il me dévisagea, et je le fixai en retour.

– Bien.

– Bien.

Rand posa sa main sur l'épaule de Tad.

– Hé ! frérot, du calme. Je la garderai occupée pour qu'elle ne te tape pas sur les nerfs.

Tad repoussa la main de Rand, saisit sa brouette et partit, s'arrêtant dans l'embrasure de la porte pour gueuler :

– Alors, tu viens ?

– Je ne raterais pas une chance de passer du bon temps avec toi.

Mon sarcasme n'eut aucun effet sur Tad, puisqu'il avait disparu depuis longtemps. Je regardai furieusement la porte, brièvement, puis me tournai pour adresser un sourire gentil à Rand.

Je ramassai ensuite ma brouette et partis chercher Tad. Oui, j'avais vraiment hâte à ce week-end. Tu parles ! Comment avais-je pu m'embarquer dans une telle galère ?

Le jeudi soir, ma mère entra dans ma chambre alors que je préparais mon sac. Ses cheveux striés de mèches et parfaitement bouclés mettaient en valeur ses pommettes. Elle portait une mignonne petite tenue d'entraînement – pantalon extensible noir, soutien-gorge sport et espadrilles Nike neuves. Cette tenue aurait été cool sur une adolescente. Mais pas sur ma mère. On aurait dit une femme espérant paraître avoir vingt ans de moins que son âge. Tout pour attirer les hommes.

— Bonsoir, Allie.

C'était la première fois que je la voyais en trois jours.

— Que fais-tu à la maison ?

— Jack avait quelque chose de prévu avec sa fille ce soir.

— Qui est Jack ?

Je saisis une paire de chaussettes en laine gris moche. Mode ou confort ? Finalement, je les enfouis dans mon sac. Je n'avais pas à les montrer à quiconque, et je ne voulais pas mourir de froid là-haut. Dans le Maine. En forêt. La nuit. Dans une tente.

Épouvantable. Ma mère s'assit sur mon lit, en plein sur mes mignons petits hauts.

— C'est l'homme que je fréquente.

— Seulement un ? Qu'est-il arrivé aux autres ?

Je tirai sur mes vêtements qui dépassaient de sous son derrière et les mis dans le sac. Trois hauts à manches courtes. Était-ce suffisant ? Peut-être pas. Et si je me salissais ?

Elle me tendit mon jean.

– Il n'y en a eu qu'un seul depuis un certain temps. Je crois que tu devrais le rencontrer.

– Non, merci.

Comme si j'avais besoin de ça dans ma vie.

– Il voudrait que nous allions tous dîner ensemble vendredi soir. Il emmènera sa fille et, toi et moi, nous les rejoindrons.

Mon estomac se figea instantanément en bloc. C'était donc avec eux que se tenait ma mère dernièrement. Avec Jack et sa fille. Plutôt qu'avec sa propre fille, elle jouait à la maman avec la gamine de quelqu'un d'autre. Je rangeai quelques chandails molletonnés dans le sac.

– Tu connais bien sa fille ? demandai-je d'une voix calme.

– Oh oui ! Elle est un amour. Tu vas l'adorer. Elle va avoir 15 ans, comme toi. Elle est une athlète très talentueuse. En fait, elle joue au softball universitaire. Je mis une paire de bottes dans mon sac.

– Tu es allée la voir jouer ?

– Plusieurs fois.

Ma mère me tendit mon minuscule maillot de bain, en haussant un sourcil.

– Tu portes ça en public ?

– Ouais.

J'arrachai le maillot de sa main.

– Pour que les garçons me regardent et me trouvent mignonne.

L'onde de choc fonctionna. Ma mère semblait surprise.

– C'est ce que tu veux ? Que les garçons te regardent parce que tu portes un minuscule bikini ?

– Ouais.

J'enfouis quelques soutiens-gorge dans mon sac et j'allai chercher une serviette de plage sous l'évier.

– N'est-ce pas ce que tu m'as appris ? Vivre pour les garçons, pour qu'ils me regardent bouche bée ? Je veux dire, que faire d'autre dans la vie, sinon divorcer de son mari, puis sortir avec autant d'hommes que possible ?

– Allie ! dit ma mère d'un ton sec. Assez.

Je jetai la serviette dans mon sac.

– Laisse tomber. Tu as perdu le droit d'être ma mère. Passer me voir dans ma chambre une fois par semaine pour me dire de ne pas porter de bikini minuscule ne remplit pas les conditions minimales pour être une mère.

– Allie Morrison, ne me parle pas de cette manière.

Elle était sur ses pieds maintenant, et ses joues étaient rouges. Dur, dur.

– Je ne peux pas rencontrer Jack et sa précieuse fille parce que je vais camper ce week-end.

– Où ? Avec qui ?

– Si tu faisais partie de ma vie, tu connaîtrais les réponses, dis-je en tirant sur la fermeture éclair de mon sac. Demande à la mère de Natalie. Elle les a rencontrés.

Lorsqu'elle nous avait amenées au travail le jour de son service de covoiturage, la mère de Natalie avait tenu à se présenter à M. Novak, Tad et Rand. Apparemment, M. Novak avait fait bonne impression, puisqu'elle avait donné à Natalie la permission d'aller camper. Bien sûr, elle avait aussi parlé à leur mère au téléphone.

– La mère de Natalie ? Que sait-elle ?

– Elle en sait beaucoup plus que toi.

Je jetai mon sac par-dessus mon épaule.

– Je vais dormir chez Blue cette nuit.

Je n'avais pas prévu le fait de passer la nuit chez Blue, mais je n'étais pas d'humeur à traîner à la maison. De plus, en m'y voyant, ma mère pourrait décider de jouer à la maman et essayer de m'interdire d'aller camper. Autant j'étais répugnée par l'idée d'être entourée d'animaux sauvages, de terre et d'un garçon qui ne m'aimait pas, autant je trouvais soudainement cette idée extrêmement attirante. Voyons. Aller camper ou aller dîner avec ma mère et les nouveaux élus de son cœur ?

Ouais. Dur, dur de décider.

— Allie, tu ne sors pas ce soir. Tu vas rester ici et me parler. Je la regardai. Se souciait-elle sincèrement de moi ? Voulait-elle vraiment que je sois là ?

Ou était-ce un truc d'ego ? Redoutait-elle d'avoir à admettre à Jack qu'elle n'avait plus aucun lien avec sa fille ?

— Pourquoi veux-tu que je reste ?

Elle fronça les sourcils.

— Parce que tu ne peux pas me quitter comme ça.

C'était l'ego. Stupide de ma part de penser qu'elle pouvait vraiment vouloir de ma présence.

— Si tu sors ce soir, je ne te laisserai pas aller camper. Je laissai mon sac tomber sur le plancher.

— Vraiment ?

Comment pourrait-elle m'en empêcher ? À moins de rester à la maison pour me surveiller, ce qu'elle ne ferait pas – et nous le savions très bien toutes les deux.

Ma mère hésita.

— Reste ici cette nuit, Allie. Mets-moi au courant de ta vie.

— Tu es ma mère. Tu es censée être au courant de ma vie.

— C'est ce que je veux. Reste et parle.

– As-tu la moindre idée de la peine que j'ai eue quand papa a annulé ma visite? J'avais besoin de toi, et tu as préféré être avec l'enfant de quelqu'un d'autre.

– Oh! Allie! Je suis si désolée. Pourquoi n'as-tu rien dit?

– Comment aurais-je pu? Je ne te vois jamais.

Je soulevai mon sac de nouveau et clignai des yeux pour chasser mes stupides larmes.

– Je vais chez Blue. Je partirai directement après le travail, alors je te verrai dimanche soir. Si tu es là.

Je voulais qu'elle m'arrête avant que je sorte. Je voulais qu'elle attrape mon bras et m'ordonne de rentrer dans ma chambre. Qu'elle me crie qu'elle m'aimait, qu'elle était ma mère et que rien n'allait changer cela. Mais elle ne le fit pas. Elle me laissa partir.

Sans doute en se disant qu'elle irait voir Jack et sa stupide fille, puisque je n'allais pas être là. Je me rendis donc chez Blue. Elle était sortie avec Colin, et Théo était parti avec Frances.

Alors, je jouai à la Xbox avec Marissa, la petite sœur, partageai un repas santé dégueu avec les parents de Blue, puis je me couchai dans la chambre d'amis.

Excellente nuit, vraiment! Si Tad m'avait vue, il aurait vraiment pensé que je faisais pitié.

Rand lança mes sacs à l'arrière de sa camionnette, où s'entassaient les siens, ceux de Tad et de Natalie, ainsi qu'un tas d'équipement de camping. Et malgré la pensée d'insectes rampant dans mon sac de couchage et de chauves-souris plongeant sur ma tête durant la nuit, j'étais excitée. Je me fichais que Tad ne m'aime pas. Rand m'aimait, et c'était assez.

Me poussant d'un coup de coude, Natalie se précipita vers le siège avant. Étant donné que Rand était le seul à posséder son permis de conduire, Tad et moi serions assis à l'arrière.

Sauf que Rand attrapa le bras de Natalie.

– Tu ne voudrais pas aller t'asseoir à côté de Tad ?

Bonne idée. Natalie le regarda en battant des cils.

– J'ai mal au cœur si je m'assois à l'arrière. Crois-moi. Il ne vaudrait mieux pas.

Mensonge total. Elle n'avait pas le mal de la route.

– Natalie. Va à l'arrière.

Elle me lança un regard furieux.

– Tu veux me faire perdre, c'est ça ?

– Non. Je me fous complètement de ce stupide pari.

Et je n'allais pas me taper quatre heures de route assise à l'arrière avec Tad. Rand était mon homme, et il avait toute mon attention.

– Quel pari ? demanda Rand.

– Ouais, quel pari ? répéta Tad.

Euh...

– Je vais m'asseoir derrière.

Natalie ouvrit la portière arrière de la cabine allongée et glissa sur la petite banquette.

– Viens, Tad.

Tad me fusilla du regard avant de grimper. Bien. Qu'ils aillent s'installer confortablement. Je n'étais intéressée à partager ni mon espace ni mon temps avec Tad. En fait, je n'étais pas le moindrement intéressée à être intime avec quiconque. J'aimais mon espace, ce qui expliquait l'absence de petit ami dans ma vie. Par choix, et non par manque de soupirants. Flirter avec Rand stimulerait naturellement mon ego. Et c'était précisément ce dont j'avais besoin. M. Séduisant ouvrit ma portière et me tendit sa main.

– Votre limousine vous attend.

Totalement craquant. Je mis ma main sur la sienne et le laissai m'aider à grimper dans la camionnette. Il faut dire que je m'étais changée après le boulot et que ma jolie jupette n'était pas idéale dans les circonstances. Il me fit asseoir et rentra mes jambes.

– Tu es toute mignonne.

Je souris.

– Merci.

– Comme si elle allait à une soirée, dit Tad.

Ma bonne humeur disparut immédiatement. Je lui lançai un regard furieux.

– Ça t'arrive d'être gentil ?

Il parut surpris.

– Je suis gentil.

– Ah oui ?

Rand ferma ma portière et fit le tour par l'avant de la camionnette.

– J'ai juste dit que tu avais l'air de quelqu'un qui va à une soirée. Je n'ai pas dit que tu n'étais pas mignonne.

– Alors, tu me trouves mignonne ?

Tad ouvrit la bouche pour répondre, mais Rand entra et s'installa au volant.

– Tout le monde est prêt ?

Tad ferma sa bouche et se cala dans son siège. Qu'allait-il dire ? Aurait-il admis qu'il me trouvait mignonne ? Ou m'aurait-il balancé une autre insulte ? Et qu'est-ce que cela pouvait me faire de toute façon ? Je passai la première heure de route à réfléchir à la question. Bon, disons une partie de l'heure. Le reste du temps, j'écoutais Tad et Natalie chuchoter à l'arrière et je me sentais très, très seule.

CHAPItRE 6

– On joue à un jeu ?

Natalie parlait suffisamment fort pour que les occupants des sièges avant se sentent conviés à répondre. Enfin, elle se souvenait de ma présence. N'était-elle pas censée travailler sur Tad pour moi ? Et si elle décidait qu'elle l'aimait ? De toute évidence, Tad l'aimait. Il ne fallait pas être un génie en fuséologie pour comprendre qu'ils formaient désormais un couple. Ce qui ferait de moi la seule fille sans petit ami de la bande.

Ce qui était ce que je voulais. Je ne voulais pas d'un petit ami. Pourquoi voudrais-je être liée à un garçon en particulier ? Ce serait lui donner trop de pouvoir sur moi. Mon père avait démontré qu'il était néfaste de compter sur un seul gars. Indépendance et non-engagement. C'était la seule façon de faire. Voilà pourquoi Rand était parfait pour moi. Il avait l'aura d'un protagoniste, pourtant, il pensait que j'étais mignonne. Décontracté mais amusant. Exactement ce que je voulais. Pas besoin des garçons !

– Bien sûr. Nous allons jouer, dit Rand.

Ah bon ? Je n'en étais pas aussi sûre.

– Allie et moi, nous faisons équipe, ajouta Rand.

Ah bon ? Je n'avais pas donné mon accord, il me semble.

– Tu veux être ma partenaire ? demanda Tad à Natalie.

Et voilà. C'était dans l'ordre des choses. Consultation avant prise de décision. Aucune place pour moi dans le processus. Je lançai à Natalie un regard lui disant de refuser, mais elle accepta.

Je me retournai, contrariée de voir que son épaule touchait celle de Tad. D'accord, ils n'avaient pas le choix, car la banquette était petite. En plus, il y avait de l'équipement de camping à côté de Tad. Mais quand même. Je regrettai presque de ne pas avoir laissé Natalie s'asseoir en avant.

– Nous jouons à quoi?

– Outburst, répondit Natalie. Je l'ai apporté exprès pour la route. Elle me tendit une feuille de pointage.

– Tout le monde sait comment jouer?

– Pas nous, dit Rand.

Quoi! Étions-nous devenus une seule et même personne? Ou avait-il décrété que j'avais perdu la capacité de parler et de penser? Dans tous les cas, son attitude commençait à m'irriter.

– En fait, je sais comment.

Je me tournai vers Rand.

– Chaque carte comporte un thème, et on doit deviner les dix mots inscrits dans la liste sous ce thème. Par exemple, si le thème est « Couleurs », il faut nommer toutes les couleurs qui nous viennent à l'esprit, en espérant citer les dix de la liste. Ensuite, on lance les dés pour obtenir des points supplémentaires. En plus, on peut passer trois fois. Si on passe, on doit obligatoirement jouer avec la prochaine carte, et l'autre équipe prend la carte qu'on a rejetée. Tu as compris ?

Il hocha la tête.

– Es-tu intelligente ? Parce que je n'aime pas perdre.

Tu parles d'une question !

– Je ne suis pas idiote.

Je n'étais pas un génie comme Frances et je n'étudiais pas trop, mais je n'étais pas une écervelée pour autant. Je remarquai que Tad n'avait pas demandé à Natalie si elle était intelligente.

Pour déterminer qui allait commencer, nous lançâmes les dés sur le couvercle de la glacière pour les empêcher de voler partout. L'équipe d'en arrière gagna. Je pigeai une carte et lus le thème : « Races de chiens. » Natalie et Tad rapprochèrent immédiatement leur tête et murmurèrent frénétiquement, évaluant sans doute leurs connaissances des races canines. Pourquoi leur belle complicité m'agaçait-elle ? Après un moment, Tad hocha la tête.

– Nous la prenons.

– D'accord.

Je glissai la carte dans le lecteur pour voir les réponses.

– Partez.

Ils réussirent à nommer huit des races et obtinrent deux points supplémentaires aux dés. Bon départ. Oh ! Natalie et Tad se frappèrent la main, puis Tad prit une carte du paquet.

– Films avec Sandra Bullock.

– Trucs de filles. On passe, dit Rand.

– Hé ! Je connais ses films, dis-je en le regardant furieusement.

Natalie sourit.

– Trop tard. Vous avez déjà passé.

Elle me tendit la carte, puis fit un sourire à Tad.

– Je les connais tous.

Tad lui sourit en retour.

– Tu es manifestement l'arme secrète de notre équipe.

Tad pigea la carte suivante.

– Empereurs romains.

– Oh ! génial. Je suppose que tu les connais tous ? demandai-je à Rand en croisant les bras. Il me lança un regard.

– Non.

– Eh bien ! si tu avais pris une seconde pour me consulter, en tant que ta partenaire, nous aurions pu avoir quelques points. Je connais bien plus de films avec Sandra Bullock que d'empereurs romains.

Voilà qui était marrant. Natalie se faisait chouchouter par Tad, alors que j'endurais Rand et son complexe du macho en charge de tout. Le jeu ne s'améliora pas. Rand continua à jouer comme s'il était l'équipe à lui tout seul, tandis que Natalie et Tad travaillèrent de concert, mettant en commun leurs connaissances. Ils nous massacrèrent et eurent beaucoup de plaisir.

Et moi ? Je regrettais quasiment le souper avec ma mère, son nouveau mec et sa fille.

Bon. J'exagère peut-être un peu. En tout cas, j'aurais absolument préféré déterrer des carottes que regarder un gars qui ne n'aimait pas être super gentil avec mon amie, alors que son frère me traitait comme de la merde. Pourquoi Tad ne me traitait-il pas comme il traitait Natalie ? Il pouvait être gentil. Évidemment, parce qu'il avait mon âge, il ne m'intéressait pas. Mais on a toujours besoin d'un ami, pas vrai ? Et des amis, j'en avais plein. Je n'avais certainement pas besoin de lui.

À l'approche du campement, j'étais grognonne et fatiguée de voir Rand me déshabiller du regard à chaque feu rouge. Natalie et Tad s'étaient endormis, utilisant chacun le corps de l'autre comme oreiller. Trop mignon. J'avais le sentiment que, si je m'endormais, je me réveillerais avec la main de Rand sur ma cuisse. Et je n'étais pas d'humeur pour cela. Alors, j'étais restée éveillée et j'avais écouté Rand parler de lui et de ses succès à la crosse.

Nous arrivâmes au camp peu avant vingt heures. Trois autres voitures s'y trouvaient déjà, et plusieurs tentes étaient dressées. Il y avait au moins dix personnes jouant au frisbee, plusieurs enfants et deux chiens. Rand stationna la camionnette. Je regardai la foule.

— Es-tu parent avec tous ces gens ?

– Ouais. Grande famille.

– On dirait. C'était si différent de ma famille. Étais-je prête à vivre un méga événement familial ?

Rand ouvrit ma portière et tendit sa main pour m'aider à sortir. J'imagine que je n'avais pas le choix. J'étais tout à fait capable de gérer la situation.

– Une seconde, s'il te plaît.

Je vérifiai mon maquillage dans le rétroviseur, me recoiffai et ajoutai une touche de brillant sur mes lèvres. Lorsque j'eus fini, Natalie et Tad étaient déjà au milieu du groupe, et Rand sortait les bagages.

Est-ce que j'étais censée sauter de la camionnette et foncer vers le groupe ? Il n'y avait aucun ado de mon âge avec qui me tenir. Juste une bande d'adultes et quelques gamins vraiment jeunes. En présence de garçons, j'aurais su quoi faire. Mais d'adultes ? Pas vraiment. Alors je les évitai tous en allant aider Rand à décharger. Il m'offrit un sourire appréciateur.

– Tu es superbe, Allie.

– Merci.

Je pris deux sacs de couchage en tentant d'ignorer Tad et Natalie qui riaient ensemble.

– Installons-nous ici, dit Rand. Tad et moi planterons notre tente à côté de la vôtre.

Il laissa tomber son chargement près de l'orée du bois, un peu à l'écart des autres tentes.

– Ça te convient ?

– Je suppose.

Je lorgnai le bois. Y avait-il des ours dans les parages ? Était-ce une bonne idée de mettre la tente si près de la forêt ? Natalie lança ses bras autour de mes épaules, le visage en feu et les yeux scintillants.

– Et alors, c'est génial ou pas ?

– Ouais. Génial.

Rand jeta un sac devant nous.

– Voici votre tente. À vous de jouer.

– À nous de jouer ?

Natalie regarda le sac en fronçant les sourcils. À l'évidence, elle ne connaissait pas plus que moi l'art de monter une tente. Rand expédia sa tente à environ cinq mètres vers la droite.

– Chacun s'occupe de ses affaires en camping. Tad ! Amène-toi !

Tad marcha d'un pas tranquille vers nous, en me détaillant de nouveau de la tête aux pieds. J'aurais voulu arracher ma jupe et enfiler un pantalon de survêtement.

– Que se passe-t-il ?

– Apparemment, il faut monter les tentes, répondit Natalie.

Je faillis rire en la voyant fixer d'un air dubitatif le sac à ses pieds.

– Nous pourrions peut-être coucher à la belle étoile, proposai-je. Ouvrir un sac de couchage ne devrait pas être trop compliqué.

Elle hocha lentement la tête, puis la secoua.

– Non. Je veux apprendre. Faisons un concours. Je haussai les sourcils.

– Je crois que les gars vont gagner, étant donné qu'aucune de nous n'a la moindre idée de comment dresser une tente.

– Non, nous allons faire équipe avec les gars. Soudainement, elle prit un air hyper suffisant.

– Puisque Rand et toi ne faites absolument pas le poids face à nous, Tad et moi allons nous séparer. Toi et Tad serez ensemble, et je travaillerai avec Rand.

Ouais. Bonne chance. Comme si Rand allait la laisser toucher à la tente. Ce qui me donna une idée…

– D'accord. La première qui monte sa tente gagne. Les gars n'ont pas le droit de toucher aux tentes. Ils doivent nous dire quoi faire.

Je ne tenais pas vraiment à planter la tente moi-même. Toutefois, je trouvais géniale l'idée d'enlever le pouvoir à Rand. Je savais que cela le contrarierait, et j'étais d'humeur à l'énerver. Va savoir pourquoi.

Parce qu'il m'avait empêchée d'ouvrir la bouche durant le fiasco du Outburst ? Nan. Natalie fronça les sourcils.

– Je ne sais pas. Il faut planter des piquets ou des trucs du genre, non ?

– Tu peux le faire, Natalie, dit Tad. Rand est un bon prof.

Je faillis m'écrouler. Devais-je en déduire que Tad n'avait pas d'objection à faire équipe avec moi?

– Je crois qu'Allie et moi devrions nous racheter, dit Rand. Cette fois, nous allons gagner.

Je dévisageai Rand, hyper séduisant en short et tee-shirt, et je n'avais aucune envie d'essayer de travailler avec lui. Il me fit un clin d'œil, et je voulus lui balancer un sac de couchage à la tête.

Natalie me regarda. Alors je lui indiquai Rand du regard et fis la grimace du « je vais vomir ». Avec un grand sourire, elle s'avança vers Rand.

– Désolée, Rand, mais je crois qu'Allie veut une chance de gagner, cette fois. Et, en tant que son amie, il est de mon devoir de lui donner cette occasion.

Rand la dévisagea.

– Tu crois que Tad est meilleur que moi?

– Il l'est?

Près de moi, Tad sourit.

– Dis-le-lui, Nat.

Nat? Alors, ils étaient déjà passés au stade du diminutif? Trop adorable. Rand ne semblait pas amusé.

– Mon petit frère ne peut pas me battre.

Le sourire de Tad s'évapora, et ses mâchoires se serrèrent. L'étiquette du petit frère ne lui plaisait pas. Je le comprenais.

– Alors, prouve-le, dit Natalie. Elle lança un regard vers Tad et moi.

– Prêts ?

Je hochai la tête.

– J'imagine.

– Allons-y !

Elle attrapa Rand par la main et le tira vers leur tente. Il se pencha immédiatement et saisit le sac. Natalie lui donna une tape sur la main.

– Pour chaque infraction au règlement, ajoute trois minutes à ton temps, cria Tad.

Rand nous regarda furieusement et enfonça ses mains dans ses poches.

– Ne t'en fais pas, frérot. Je vais quand même t'écraser.

Tad lui adressa un regard qui n'avait rien à voir avec l'amour fraternel, puis il se tourna vers le sac par terre. Il s'accroupit, prit mon poignet et m'attira gentiment près de lui.

– Bon, Allie. Tu es prête ?

– Bien sûr.

Il regarda derrière lui, puis baissa la voix.

– Écoute. Je sais que Rand te plaît, mais il ne t'aimera pas davantage si tu le laisses gagner. La meilleure façon de l'avoir, c'est de le faire perdre. Rien ne l'excite plus qu'un défi. Je penchai la tête.

– Ce n'est pas plutôt parce que tu ne veux pas perdre que tu dis ça ?

Il sourit.

– Qu'est-ce qui te fait croire que je ne veux pas perdre ?

– Oh ! peut-être la tête que tu avais quand il t'a appelé « petit frère » ?

Son sourire disparut.

– Il essaie de m'embarrasser devant Natalie et toi.

– Ne prête pas attention à lui.

Il leva un sourcil.

– Bon, tu es son petit frère, et alors ? Plein de gars séduisants sont les petits frères de quelqu'un.

Je me mordis la lèvre. Avais-je réellement dit cela ? Avais-je sous-entendu que Tad était un garçon séduisant ? Son sourire revint.

– Tu n'es pas trop mal, Allie.

Je lui souris et sentis une chaude sensation dans mon ventre.

– Bon, allons-y.

Il indiqua le sac de la tête.

– Quand tu veux.

J'entendis Rand injurier Natalie et je souris. Après cet épisode, j'allais être redevable à Natalie. Mais d'abord, je devais gagner ce concours pour le petit frère.

Dix minutes plus tard, après avoir vu pour la troisième fois les mains de Rand sur des pièces de tente, Tad exigea la présence d'un arbitre. Son père et un autre frère remplirent ce rôle auprès de chaque équipe. Et moins de cinq minutes plus tard, nous étions l'attraction de la soirée pour toute la famille.

Le spectacle de deux citadines tentant gauchement de monter des tentes sous pression avait de quoi faire éclater la rate du public. La mère de Tad et de Rand installa des chaises pliantes, versa de la limonade pour les gamins et tendit des bières aux adultes. Je me penchai vers Tad.

– Je ne peux pas faire ça s'ils me regardent, lui chuchotai-je.

– Bien sûr que tu peux, dit-il en montrant un truc en bois. Voici un piquet. Il va falloir un marteau pour l'enfoncer.

Je le ramassai et entendis les enfants scander le nom de Natalie.

– Non, sérieusement, Tad. Je n'ai aucune idée de ce que je fais.

Pour une fille prétendant projeter confiance, compétence et indépendance, se faire remarquer comme une idiote maladroite n'était pas exactement une priorité.

Tad avait dû réaliser que j'étais sérieuse, car il m'entoura de son bras et m'entraîna loin du groupe.

– Allie.

– Quoi?

Il me tourna vers lui et mit ses mains sur mes épaules.

– Écoute-moi. Tu ne sais rien des tentes, mais moi, si. D'accord?

Je n'avais jamais remarqué combien ses cils étaient longs et foncés.

– Ouais.

– Et Natalie n'en sait pas plus que toi, d'accord?

– Oui, mais…

– Et on sait que Rand ne pourra pas s'empêcher de toucher aux éléments de la tente. Donc, ils auront des pénalités constamment.

Je ris bêtement.

– C'est vrai. Rand est un genre de maniaque du contrôle.

Quelque chose s'alluma dans ses yeux.

– Tu as remarqué?

– Évidemment. Après avoir été dans son équipe au Outburst, comment aurais-je pu ne pas le remarquer?

— Et ça t'a énervée ?

Je plissai les yeux.

— Évidemment. Pourquoi ?

Il secoua la tête.

— Pour rien. Mais écoute-moi. Tu es parfaitement capable de monter une tente. On va travailler ensemble, et tout ira bien.

— Mais j'ai l'air d'une abrutie toute débraillée.

— Et alors ? C'est pour s'amuser. Nous ne sommes pas dans les forêts du Maine pour faire un concours de beauté.

Et vlan ! Une autre claque pour m'apprendre à vouloir paraître bien. Tad roula les yeux.

— Voyons, Allie. Tu es sensass. Arrête de t'en faire. Amuse-toi. C'est tout ce qui compte... Et battre mon frère, ajouta-t-il en souriant.

Je lui rendis son sourire.

— Est-ce qu'il est grognon quand il perd ?

— Absolument.

Puis, je réalisai qu'il venait juste de dire que j'étais sensass. Il avait remarqué ? Il ne pensait pas que j'avais l'air stupide ?

— Allie ?

Je clignai des yeux.

– Quoi?

– Tu es prête à t'amuser et à ignorer l'opinion des autres? Il n'y a que toi et moi ici. D'accord? Moi et lui? Une équipe? S'amuser? Un sourire fendit mon visage.

– D'accord.

Il sourit.

– D'accord.

Puis, il jeta son bras autour de mon épaule et me raccompagna jusqu'au tas de bâtons et de nylon bleu sur le sol.

– Vous avez perdu un temps précieux, dit sa mère, assise sur la chaise pliante la plus près de nous.

– Discussion stratégique, expliqua Tad. C'est important de toujours avoir un plan.

Je souris. Il aurait pu dire que sa partenaire était au bord de la dépression et avait besoin d'encouragement. Mais il ne l'avait pas fait. Il m'avait soutenue.

Rand cria quelque chose à Natalie, et Tad me donna un petit coup d'épaule.

– Alors, mademoiselle, et si on la montait, cette tente?

La foule se mit alors à scander mon nom, et je souris.

– Allons-y.

CHAPItRE 7

– Nous avons fini !

Tad saisit ma main et la leva au-dessus de ma tête.

– Allie a gagné !

Je souris lorsque la foule m'acclama et ris lorsque Rand jeta un marteau par terre et nous lança un regard furibond. Natalie souriait et applaudissait, et Tad semblait ravi.

Et je me sentais super bien. Génial ! Je souris à Tad.

– C'est parce que tu es un prof si formidable !

Il haussa les épaules, mais ses yeux brillaient toujours.

– J'ai réussi à éviter des pénalités. C'était un bon début.

La mère de Tad se leva.

– Je crois que les perdants doivent faire la vaisselle. Qui n'est pas d'accord ?

Seuls Rand et Natalie protestèrent. Et leurs voix furent largement étouffées par celles des Novak. On sortit un gril de l'arrière de l'une des camionnettes, et on l'alluma. Des hot dogs et des hamburgers apparurent, accompagnés de salade de fruits, de croustilles et d'épis de maïs.

– Comment va-t-on cuire le maïs ?

Rand attrapa le sac de maïs.

– Il faut d'abord le mouiller. Viens.

Il prit ma main et m'entraîna avec lui. Je vis Tad, qui discutait avec Natalie, s'arrêter de parler et nous regarder nous éloigner. Je ne pouvais pas lire ses pensées, mais il ne souriait pas. Et soudain, je me sentis ridicule de partir avec Rand. Je voulais rester avec les autres.

– Euh, Rand, je devrais peut-être rester pour donner un coup de main.

– Nous serons de retour dans cinq minutes, dit-il. Et puis, je n'ai pas encore eu une minute en tête à tête avec toi.

Ouais, j'avais remarqué. Et cela ne m'avait pas dérangée du tout. Je fronçai les sourcils. Qu'est-ce qui clochait chez moi ? Je faisais ce truc de camping pour être avec Rand, pas vrai ? Il avait dix-sept ans, il était attirant et il pensait que j'étais mignonne. Que pouvais-je désirer de plus chez un garçon ? Rien. Rand était tout ce qui comptait. Je lui souris.

– Bon, alors, allons-y.

Il sourit à son tour et s'engagea dans un sentier menant au bord du lac.

– Il faut faire tremper le maïs pour qu'il ne s'enflamme pas sur le gril. Alors, il grillera comme un hamburger.

– Vraiment ?

J'enlevai mes sandales d'un coup de pied et m'avançai dans l'eau.

– Elle est si chaude, dis-je.

L'eau était tellement claire qu'on pouvait voir chaque grain de sable au fond du lac.

– Tu veux te baigner? demanda Rand.

– Je n'ai pas de maillot.

– Et alors? Qui a besoin d'un maillot?

Baignade à poil? Pas question.

– Rand!

Il haussa les épaules et enleva ses baskets.

– Pourquoi pas? Nous faisons tout le temps ça en camping.

Eh bien, je n'étais pas d'humeur à me déshabiller devant lui.

– Désolée, pas cette fois.

Il pataugea vers moi et saisit mes mains.

– T'ai-je dit combien tu es mignonne dans cette tenue? C'est la première fois que je vois quelqu'un porter une jupe en camping, mais tu t'en tires très bien.

Il laissa traîner sa main sur ma cuisse.

– Tu as des jambes superbes.

Je repoussai sa main.

– Merci.

Il remit sa main sur ma cuisse et prit mon menton dans son autre main.

– J'ai eu envie de t'embrasser toute la soirée.

C'était ce que je voulais, non? Je veux dire, j'embrassais des gars tout le temps. Beaucoup de gars. Alors, c'était quoi mon problème? Depuis quand n'avais-je pas envie d'embrasser un gars? Cela n'avait aucun sens. Rand était parfait pour moi. Mignon, vieux, et il quitterait l'école à l'automne. Je fronçai les sourcils. Peut-être pas. J'avais présumé qu'il avait l'âge de Théo, mais il pouvait être plus jeune.

– Est-ce que tu entres à l'université à l'automne? Il frotta son pouce sur ma lèvre inférieure.

– Ne parlons pas de cet automne. Nous sommes ici, ce soir; c'est tout ce qui compte.

C'était une philosophie à laquelle j'adhérais habituellement. Les garçons étaient des jouets. Des objets interchangeables que je pouvais échanger sans voir de différence. Pas de lien à long terme. Rand était tout cela. Alors, j'allais l'embrasser, comme j'embrassais n'importe qui. Je mis mes mains sur sa poitrine et levai mon visage vers le sien.

– Je veux savoir si tu vas à l'université à la rentrée.

En fait, non. Je me fichais de savoir où il serait! Qu'avais-je donc? Il passa ses doigts dans mes cheveux.

– Allie, où je vais être à l'automne n'a aucune importance. Tu sais bien que, d'ici là, nous serons tous les deux avec quelqu'un d'autre.

Je pris un air renfrogné.

– Ou est-ce que je me trompe ? Je pensais que tu étais le genre à t'amuser, puis à passer à autre chose.

Tout d'un coup, je me mis à penser à mon père. S'amusant et passant à autre chose. Me laissant tomber sans se poser de questions. C'était nul, et j'en avais marre. Non que je voulais un gros engagement, mais la pensée qu'un gars me quitte… Je ne voulais pas cela. Alors, je le repoussai.

– Je n'en ai pas envie.

– Pourquoi pas ?

Comme il tentait de me tirer vers lui, je le poussai violemment, lui faisant un croche-pied qui l'envoya choir sur le derrière.

– Allie !

Je l'ignorai et marchai vers le camp.

En arrivant, je vis Tad et Natalie en train de détailler une pastèque. Ils riaient. Natalie n'avait aucun maquillage, son tee-shirt était taché de jus de pastèque, et ses cheveux étaient tirés en une queue-de-cheval toute tordue. Tad lui souriait comme si elle était la plus belle chose qu'il ait jamais vue.

Je regardai autour de moi. Tout le monde semblait occupé à préparer le dîner ou à bavarder. C'était une famille digne d'un conte de fées, et je m'en sentais totalement exclue. Ma faute. J'aurais pu être au lac avec Rand, à faire des câlins. J'aurais pu être dans ma zone de confort. Maintenant, je n'avais qu'un désir : rentrer à la maison.

Natalie me fit un grand signe de la main.

– Allie ! Viens nous aider !

Tad leva les yeux brusquement et regarda au-delà de moi, sans doute à la recherche de Rand.

– Non, je vais faire une sieste, dis-je.

Je n'avais pas envie de tenir la chandelle.

– Ne sois pas ridicule.

Natalie attrapa mon bras et me tira vers la pastèque.

– Assieds-toi et aide-nous.

Elle mit un couteau dans ma main et un quartier de pastèque sur mes genoux, sur ma jolie petite jupe.

– Euh, Nat ?

– Quoi ?

Elle s'assit près de moi et se remit à couper. Je regardai Tad, qui me lorgnait du coin de l'œil, et je décidai de ne pas me plaindre au sujet de ma jupe.

– Alors, où est Rand ? demanda Tad.

Je haussai les épaules.

– Je l'ai laissé au lac.

– Pourquoi ?

– Parce que.

Comment expliquer ce que je ne comprenais pas vraiment moi-même ?

– Est-ce qu'il t'a… euh… fait quelque chose ?

Il y avait dans la voix de Tad une tension sous-jacente qui me donna la chair de poule.

Je levai les yeux et le vis qui me regardait fixement, le couteau figé au-dessus de la pastèque. Se sentait-il concerné ? Se souciait-il de moi ? Un sentiment réconfortant s'installa en moi.

– Rien qui échappe à ma volonté.

Tad plissa les yeux.

– Ce qui signifie ?

– Que je vais bien.

Comme il était étrange de voir quelqu'un s'inquiéter pour moi. Ça aurait dû me déplaire, pas vrai ? Je veux dire, je n'avais besoin de personne. Mais une petite partie de moi voulait rouler par terre et se réjouir. Pendant une minute. C'était tout ce que je voulais. Que quelqu'un se préoccupe de mon sort pendant une minute. Le regard de Tad se détacha de moi et se posa au-delà de mes épaules. Puis, sa bouche se tordit.

– Rand est tout mouillé.

– Vraiment ?

Je gardai ma voix aussi innocente que possible et plongeai mon couteau dans la pastèque.

– Je n'ai aucune idée de ce qui a pu lui arriver. Tad me regarda de nouveau.

– Et tu es sèche.

– Ouais.

– Alors, tu n'es pas allée te vautrer dans l'eau avec lui ?

Je lui envoyai un regard outré.

– Bien sûr que non. Tu parles d'une question !

– J'essaie simplement de comprendre.

Sa voix était douce et dure à la fois.

– Est-ce que Rand méritait son plongeon ?

– Probablement que non.

– Ce qui signifie ?

Je lui lançai un pépin de pastèque.

– Que je suis probablement hypersensible en ce moment.

– Pourquoi ?

– Parce que je le suis.

Parler de mon père à Tad aurait paru trop bizarre et m'aurait fait passer pour une perdante pleurnicheuse.

Tad mit sa main sur mon bras.

– Allie.

Je fixai sa main.

– Quoi ?

– Qu'a fait Rand pour mériter que tu le pousses ? Sa voix était de nouveau tendue.

– Dis-le-moi.

J'avalai ma salive et détachai mon regard de sa main, qui reposait toujours sur mon bras. Mes yeux croisèrent les siens. Je n'avais jamais remarqué qu'ils étaient d'un ton de vert fort intéressant. Je n'étais pas habituée à ce que quelqu'un veuille se battre pour moi. Et je n'étais pas sûre de mes sentiments à cet égard.

– On a découvert que nos philosophies différaient sur certaines choses. Ce n'est rien, Tad. Laisse tomber.

Il parut vouloir dire quelque chose, mais il serra les mâchoires et haussa les épaules.

– Si tu veux parler, je ne suis pas loin, dit-il finalement.

Je déglutis et me concentrai sur ma pastèque. C'était quoi, ces larmes qui brûlaient mes yeux ? Un peu de gentillesse de la part de Tad, et je devenais une boule d'émotions ? Ridicule.

Je m'éclaircis la gorge et clignai plusieurs fois des yeux. Il n'y aurait ni larmes ni comportement dépendant de ma part. Et si je désirais soudainement vider mon cœur misérable devant Tad ? Pas cette fois, apparemment.

– Hé ! les amis, avez-vous fini avec la pastèque ? cria la mère de Tad. Les hamburgers sont prêts.

– Ouais.

Tad réunit tous les morceaux que Natalie et moi avions tranchés. Puis, il me fit un demi-hochement de tête et un demi-sourire, avant d'aller porter le plateau sur la table de pique-nique.

Je le suivis du regard et me sentis confuse. Il portait son short de camping, un canif à la ceinture et une bouteille d'eau sur sa hanche gauche. Tad n'était pas le genre à prêter attention à ce que les autres gars pouvaient penser ou avoir sur le dos. Pas mon genre de gars du tout. Natalie se pencha sur mon épaule et soupira.

– Il est mignon, hein ? En plus d'être un super bon gars.

– Vous avez l'air de bien vous entendre tous les deux.

– Comme copains seulement.

– Toi, peut-être. Mais lui, c'est évident qu'il t'aime.

– Il n'a pas arrêté de regarder vers le lac dès qu'il t'a vue y aller avec Rand.

Je tournai ma tête afin de voir son visage.

– Vraiment ?

– Et regarde-le maintenant. De quoi penses-tu qu'ils parlent ces deux-là ?

Je suivis son regard et vis Tad et Rand en vive discussion à l'orée du bois. Tad était penché sur Rand, qui le dépassait d'au moins dix centimètres, et avait l'air de l'engueuler vertement. Rand lui rendait la pareille, et il avait l'air vraiment grand et fort. Mais Tad ne cédait pas.

– Tu ne penses pas qu'ils parlent de moi, non ?

J'étais fascinée par leur interaction. Tad était-il en train de défendre mon honneur face au gros dur ? C'était une situation des plus bizarres et certainement un geste inattendu de la part de Tad. D'abord, il ne m'aimait pas. Ensuite, il ne semblait pas être du genre à se battre contre Rand. Il était plus du genre à tailler des fleurs ou à mettre un tuteur à un plant de tomates qu'à s'inquiéter d'une fille qu'il n'aimait même pas. Puis, je vis Rand regarder vers moi, et Tad en faire autant. Oups ! Je fis immédiatement semblant de nettoyer mon couteau.

– Ils regardent toujours par ici ?

– Non. Leur père est en train d'intervenir, dit Natalie.

Je risquai un autre coup d'œil. Les mains sur les épaules des garçons, le père leur faisait des remontrances. Tad et Rand semblaient tous deux en colère et se mitraillaient du regard.

– Peux-tu te faufiler par la forêt pour aller voir ce qui se passe ?

Natalie protesta en ronchonnant.

– Ouais. Tout à fait moi. La citadine qui traverse la forêt à pas de loup pour aller écouter clandestinement une querelle de famille.

– Tu pourrais au moins essayer.

– Ou tu pourrais demander à Tad de tout te raconter plus tard.

– Pas question.

Tu parles ! Demander à Tad s'ils se disputaient à cause de moi ?
Plus égocentrique que ça… En outre, je m'en fichais. Je n'avais
pas besoin d'un garçon pour me défendre.

***

Nous étions dans nos sacs de couchage depuis presque deux
heures. Je ne pouvais toujours pas dormir.

– Nat ?

– Quoi ?

– Tu es réveillée ?

– Non. Je parle dans mon sommeil.

Je roulai sur moi-même de façon à lui faire face et à pouvoir
lui parler à voix basse. Après tout, la tente de Tad et de Rand
était seulement à quelques mètres de la nôtre.

– Je peux te demander quelque chose ? Je l'entendis remuer
dans son sac et soupirer.

– Ouais. Quoi ?

– Si tu n'avais pas fait ce pari sur moi et Tad, est-ce que tu
l'aimerais ?

Je ne voulais pas le savoir, mais en même temps, je devais le savoir. Elle s'agita, puis une lampe de poche s'alluma et m'aveugla.

– Désolée.

Elle dirigea le faisceau sur le côté, de façon à éclairer nos visages sans m'éblouir.

– Allie, je te jure que Tad ne m'intéresse absolument pas.

– Mais vous avez l'air d'être si proches.

Ses joues étaient pâles dans le faisceau de la lampe.

– C'est mon ami. Comme les gars de mon équipe de course. Nous sommes copains, nous traînons ensemble, nous nous amusons. Mais c'est tout.

J'observai son visage. Elle me regardait toujours droit dans les yeux.

– Tu es sûre ?

– Absolument. Il ne me fait aucun effet.

– Pourquoi pas ?

Elle roula les yeux.

– Oh ! voyons ! Il n'y a rien de mal chez lui. Il n'est juste pas le bon gars pour moi.

Je digérai l'info.

– Tu lui as dit ? Parce que je crois qu'il t'aime.

– Non, il t'aime.

Je braquai la lampe sur son visage, et elle plissa les yeux.

– Comment tu le sais ? Il te l'a dit ?

– Pas besoin, dit-elle en repoussant la lampe, c'est évident.

– Comment ? Pourquoi ?

– Parce que c'est ainsi.

Je me remis sur le dos et fixai le plafond de la tente.

– Tu l'aimes ? demanda Natalie.

– Non.

– Tu aimes Rand ?

– Sûrement pas.

Nous restâmes silencieuses pendant une minute, puis Natalie reprit :

– Tu penses toujours que Tad est un crétin ?

– Non, mais ça ne veut pas dire que je l'aime ou un truc du genre.

– Quel mal y a-t-il à admettre que tu aimes un mec ?

– Plus que tu ne peux l'imaginer.

J'aurais pu parler pendant des heures de ce qu'il y avait de mal à admettre qu'on aime quelqu'un. Dès l'instant où on l'admet, ne serait-ce qu'à soi-même, on perd le contrôle de la situation. Les garçons peuvent nous blesser, comme l'avait fait mon père. Je ne pouvais pas empêcher le sentiment que j'éprouvais envers mon père, mais je pouvais m'assurer que personne d'autre n'aurait ce pouvoir. Ce qui signifiait que je n'aimais aucun garçon et que je me moquais que les garçons m'aiment ou pas.

Natalie ne dit plus rien. Je finis par m'endormir un peu avant l'aube.

À mon réveil, le sac de couchage près du mien était vide. Le sac de Natalie était parti, ainsi que son oreiller. Ma montre indiquait qu'il n'était que huit heures. Natalie ne se réveillait jamais aussi tôt. Que se passait-il ?

Je sortis la tête de la tente, puis la rentrai promptement. Devant sa tente, Tad discutait avec l'un de ses frères – autre que Rand, on s'entend. Je ne me souvenais toujours pas du nom de chacun.

Comme je l'avais dit à Natalie, Tad ne m'intéressait pas. Toutefois, je n'allais pas me montrer, au lever du lit, sans maquillage, vêtue du tee-shirt et du pantalon de survêtement dans lesquels j'avais dormi. Alors, je battis en retraite, me brossai les cheveux, me maquillai et tentai de paraître présentable.

Pour information, inutile d'essayer de bien paraître après une nuit passée dans une tente, sans salle de bains. Même mes mignons tee-shirts étaient tout froissés. De plus, quelque chose avait coulé dans mon sac. Quelque chose qui sentait les pêches et qui avait laissé de grosses taches d'huile sur la moitié de mes vêtements. Quelque chose que j'identifiai finalement en fouillant dans le tas. Ma lotion corporelle Victoria's Secret. Au fond du sac se trouvaient d'un côté le bouchon et de l'autre, la bouteille. Quelle poisse !

Je sauvai un tee-shirt, un short, un jean, quelques sous-vêtements, mon maillot de bain et rien d'autre. Plus question d'être belle pour Tad. Ou Rand. Ou quiconque. En fait, c'était pour moi que je voulais être belle. Pour moi-même. Eh bien, tant pis ! J'enfilai mon seul tee-shirt propre – un tee-shirt court rose pâle, avec encolure en « V », qui laissait paraître mon ventre. Je mis mon short taille basse, ajoutai une touche de maquillage pour cacher ma peau huileuse (résultat du manque de douche), et j'étais à moitié décente.

Quant à mes cheveux, rien à faire. Même la queue-de-cheval paraissait mal. De quoi me pousser à porter une casquette de baseball.

Note à moi-même : Le camping est une mauvaise idée si on veut impressionner un gars.

Finalement, j'abandonnai. J'écartai les panneaux de la tente et sortis. Tad s'était déplacé et jouait aux fers avec quelques gamins si petits qu'ils ne pouvaient lancer les fers qu'à environ soixante centimètres. Ils étaient vraiment mignons, debout tout près des piquets et lançant les lourds fers de toutes leurs forces.

Je parcourus les lieux du regard. Aucun signe de Rand ou de Natalie. La merveilleuse odeur du bacon en train de frire chatouilla mon nez, et je me félicitai de m'être levée. Maintenant, il ne me fallait qu'éviter Rand ou Tad jusqu'à ma prochaine douche.

– Allie! Viens ici!

La mère de Tad me fit signe de m'approcher de la table de pique-nique, où elle s'affairait à remplir des verres de jus d'orange. À mon approche, elle tendit un verre.

– Et voilà pour toi.

Je pris une gorgée de la boisson froide. Elle avait un goût extra.

– Vous avez apporté un frigo ou quoi?

Elle rit et montra une couverture dans la caisse d'une camionnette.

– Il y a une énorme glacière portative sous la couverture. Je dois avouer que nous aimons camper dans un certain confort.

– En ce qui a trait à la nourriture, en tout cas, précisa une femme.

Son nom m'échappait, mais je croyais qu'elle était l'épouse de l'un des frères de Tad.

Elle s'assit près de moi et se présenta:

– Je suis Beth. Mariée au frère numéro quatre. Je hochai la tête.

– Merci. J'aimerais bien avoir une meilleure mémoire des noms.

Elle désigna les deux enfants avec lesquels Tad jouait.

– Ce sont les miens. Heureusement que Tad est là. Ça fait du bien, un petit répit.

Elle remplit sa tasse de café et sourit en regardant le jeu de fers.

– Il est tellement bon avec eux.

Je ne me retournai pas. J'avais déjà remarqué combien Tad se débrouillait bien avec les enfants, et je ne voulais pas qu'il me voie lever les yeux pour le regarder.

– Y a-t-il des douches quelque part ?

– Non.

Beth se retourna vers moi.

– Va te saucer dans le lac. C'est la meilleure chose à faire. As-tu apporté du savon biodégradable ?

Plaisantait-elle ?

– Euh…

– Tu peux prendre le mien, dit la mère de Tad. Elle haussa la voix.

– Tad, va chercher du savon pour Allie !

– Non, vraiment, c'est bon.

Je jetai un coup d'œil par-dessus mon épaule et voulus rentrer sous terre en voyant Tad hocher la tête et se diriger vers les tentes.

– Alors, où est Natalie ? demandai-je.

Je ne voulais pas m'enquérir de Rand et donner l'impression que je le cherchais.

– Elle est partie avec Rand tôt ce matin, dit Beth.

Elle posa une assiette de bacon sur la table de pique-nique.

– Prends-en avant que les garçons ne se rendent compte qu'il est prêt.

– Comment ça, elle est partie?

La mère de Tad déposa une assiette d'œufs brouillés en face de moi. Ou plutôt, un énorme plat d'œufs et une pile de petites assiettes et de fourchettes. Quel sentiment étrange d'avoir une mère qui me prépare un petit-déjeuner. En fait, j'aimais bien.

– Rand a décidé qu'il ne voulait pas vraiment passer le week-end à camper, et Natalie a dit qu'elle non plus. Alors ils sont partis.

– Ils sont partis? Comme dans « ils ne reviendront pas »?

Comment pouvait-elle m'abandonner de la sorte? La mère de Tad s'assit en face de moi et posa sa main sur la mienne.

– Je suis navrée, Allie. Je sais que tu aimes Rand. Malheureusement, Rand n'est pas un très bon petit ami. J'espère que, malgré son absence, tu auras beaucoup de plaisir. Nous sommes vraiment un bon groupe.

Je regardai fixement ma « mère pour le week-end ».

– Rand est parti?

– Oh là là, elle a de la peine, dit Beth.

Elle tapota mon épaule.

– Allie, je leur ai dit de te réveiller pour te demander si tu voulais partir, mais ils ont refusé.

Je secouai la tête.

– Non, ça m'est égal que Rand ne soit plus là. Mais pourquoi Natalie est-elle partie ?

Bon, d'accord. Cela ne m'était pas égal. J'étais décontenancée. La mère de Tad se leva d'un bond, sortit un bout de papier d'un sac en toile près du gril et me le tendit.

– Oh ! j'allais oublier. Elle t'a laissé une note.

Une note.

– Merci.

Je pris la note et me retournai pour la lire.

Salut, Allie !

Amuse-toi bien avec Tad. Je veux tous les détails à ton retour, dimanche.

Bisous.

Nat

Je repliai le papier et essayai de reprendre mon souffle. Elle était partie afin de me laisser seule avec Tad. Telle que je la connaissais, elle avait probablement convaincu Rand de partir lui aussi. Tad et moi. Seuls pendant les prochaines vingt-quatre heures. Seuls, enfin avec les innombrables membres de sa famille. Mais seuls quand même. Génial.

CHAPItRE 8

Tad me jeta un regard prudent en me tendant le savon.

– Bonjour.

– Salut.

J'essayai de détourner la tête. Je me sentais moche ou quoi ?

– Tu vas te laver les cheveux ?

– Pourquoi ? Je devrais ?

Je mis mes mains sur mes cheveux tout noués et faillis mourir de honte. Tad se mit à rire.

– Non, tu as l'air bien. Je t'ai posé la question parce que ma mère m'a demandé de t'apporter le savon.

– Ah ! d'accord.

Comment pouvait-il penser que j'avais l'air bien ? J'avais l'air horrible. Je risquai un coup d'œil vers lui. Il me sourit et s'assit sur le banc. Il ne recula pas, et ne sembla pas terrassé par « l'attaque de la fille laide ». Il sourit simplement et se servit des œufs.

Je ne savais pas trop quoi faire. Beth me tendit une assiette.

– Mange.

Très juste. Manger. J'en étais capable. En plein milieu de ma dégustation d'œufs, j'eus l'impression d'être entourée d'une gigantesque foule. C'était comme si chaque membre du clan Novak avait décidé qu'il était de son devoir de me faire sentir la bienvenue après le départ de mon amie. Et vous savez quoi ? C'était réussi. Je ne me sentais pas seule du tout. D'habitude, je prenais mon petit-déjeuner en solitaire ou je le sautais tout bonnement. Ce petit-déjeuner en famille était beaucoup plus amusant, même lorsqu'un bout de chou m'aspergea de jus d'orange. Je me levai. L'heure du bain dans le lac avait sonné.

Dans ma tente, je troquai mes habits tachés contre mon bikini. J'enfilai mon tee-shirt de nuit par-dessus, enveloppai ma serviette autour de ma taille, glissai mes pieds dans mes tongs et sortis.

Tad attendait près de ma tente, en maillot de bain, une serviette autour du cou.

– Salut.

Mon estomac fit un petit bond.

– Salut.

– Ma mère pense que je devrais aller avec toi. Tu sais, au cas où tu te noierais ou je ne sais quoi. Personne n'est autorisé à aller tout seul au lac.

C'était bizarre d'être parmi des gens qui pensaient devoir me protéger. De quoi me faire perdre tous mes moyens. Mais j'aimais ça. Alors je haussai les épaules.

– Ça ne me dérange pas que tu viennes avec moi.

Il hocha la tête et marcha à mes côtés. Nous arrivâmes au bord du lac sans échanger un mot. Je réalisai alors que j'allais devoir me déshabiller devant lui. Je veux dire, j'avais mon maillot, et j'avais choisi intentionnellement ce bikini pour séduire Rand. Mais je me sentais soudainement intimidée. Car enfin, il s'agissait de Tad. Tad que mes tenues ou efforts de paraître bien n'avaient jamais impressionné. Il laissa tomber sa serviette et se dirigea vers l'eau, me jetant un regard par-dessus son épaule.

– Quelque chose ne va pas ?

– Non, rien.

Je songeais à garder mon tee-shirt, mais c'était le seul qu'il me restait de propre après l'incident du jus d'orange. De toute façon, Tad ne me remarquerait pas, même si j'allais me baigner à poil. Alors pourquoi étais-je gênée de porter un bikini en sa présence ?

Je me mordis la lèvre, lâchai ma serviette et ôtai mon tee-shirt. Je regardai vers le lac. Tad était sous l'eau. Seules ses bulles étaient visibles. Réalisant qu'il respectait mon intimité, je ressentis une pointe de déception. J'étais devenue dingue ou quoi ? Décide-toi, Allie.

Tenant fermement ma bouteille de savon biodégradable, j'avançai dans l'eau jusqu'à la hauteur des épaules. Tad surgit à ce moment et essuya l'eau de son visage.

Je me demandai vaguement s'il avait pu me voir sous l'eau, en supposant qu'il ait regardé. Rand aurait regardé. Pas vraiment le style de Tad.

– L'eau est bonne, hein ?

J'approuvai.

– Elle est si chaude.

– Parce qu'elle n'est pas profonde à ce bout du lac. Elle l'est bien davantage à l'autre bout et reste froide jusqu'en août. C'est pourquoi on préfère camper de ce côté-ci.

Il s'approcha de moi en nageant. Je fis tomber la bouteille de shampoing en essayant de l'ouvrir.

Non. Je n'étais pas nerveuse parce qu'il était près de moi. J'étais une empotée. Voilà tout.

Tad plongea et rapporta la bouteille. Il souleva le couvercle et me tendit la bouteille.

– Tiens.

– Merci.

Étais-je censée laver mes cheveux devant lui ? Je n'avais encore jamais lavé mes cheveux devant un gars. C'était un peu bizarre. Intime.

– Je vais en prendre un peu, dit Tad.

Il prit la bouteille, versa une goutte dans sa main, puis la frotta sur sa tête pour faire mousser. Il sourit.

– Tu n'auras pas les cheveux verts, je te le promets.

Il était si drôle avec sa tête pleine de mousse qu'il me fit rire.

– Ne me fais pas poireauter, mademoiselle Allie.

Tad prit la bouteille et la pressa au-dessus de ma tête.

– Et que ça mousse !

– Hé !

Je repoussai sa main. Trop tard. Je sentais le liquide frais sur mon cuir chevelu. J'avais l'air d'une folle. Tad rit. Je trempai ma tête dans l'eau, puis me mis à la frotter.

– Je n'avais peut-être pas envie de laver mes cheveux, lui reprochai-je.

– Trop tard. Il sourit, et plongea sous l'eau. Je le vis sous la surface, en train de rincer le savon de ses cheveux. Incroyable. J'étais en train de me faire un shampoing dans un lac, avec un gars. Tad réapparut.

– Ça te dit de faire une randonnée, aujourd'hui ?

Je continuai à me laver les cheveux, en tentant de ne pas imaginer de quoi j'avais l'air avec de la mousse dégoulinant sur mes joues. Chose certaine, toute trace de maquillage avait disparu. Pourtant, mon apparence n'avait pas l'air de repousser Tad.

Sans doute avait-il oublié ses lentilles de contact.

– Tu portes des lentilles ?

– Non.

Il se mit sur le côté et commença à nager en cercle autour de moi.

– Alors, randonnée ?

– Seulement si ce n'est pas trop difficile. Je n'ai jamais fait de randonnée.

– On ira doucement. Promis. Il était derrière moi maintenant. Je résistai à l'envie de me retourner.

Je lavai mon visage avec le savon biodégradable. Ce n'était pas mon savon facial favori, conçu pour enlever l'huile et empêcher les points noirs, tout en gardant la peau douce et souple, mais c'était mieux qu'un visage tout huileux.

– Alors, c'est d'accord, dis-je.

– Parfait.

Je plongeai sous l'eau et rinçai le savon de mon visage et de mes cheveux. Lorsque je ressortis, Tad était debout devant moi. Il souriait.

– Pas mal pour une campeuse novice.

– Qu'est-ce qui est pas mal ?

– Se laver dans le lac. Il faut un certain talent, tu sais.

Je ne savais pas trop quoi répondre. Il semblait sincère. Toutefois, je n'étais pas habituée à recevoir des compliments sur autre chose que mon apparence. Et certainement pas sur mes talents de shampouineuse.

– N'oublie pas de mettre ton maillot sous tes vêtements quand on ira marcher.

– Pourquoi ?

J'essuyai l'eau de mes joues et remarquai qu'il avait de jolis yeux. Gentils. Et mignons.

– Parce que le sentier longe le bord du lac. Quand il fait chaud, on fait une courte baignade.

Cette fois, la pensée de nager avec Tad ne me semblait pas trop mal.

– D'accord.

Il fit un signe de tête et nagea sur le dos vers la rive.

– Prête à partir ?

– Je suppose.

Je nageai à ses côtés jusqu'à ce que le manque de profondeur de l'eau me force à me lever. Lorsque je le fis, Tad était déjà sur la rive. Je vis ses yeux s'attarder un instant sur mon maillot. Alors, ses joues se mirent à rougir, et il me tourna le dos. Ce n'était pas mignon, ça ? Bon, d'accord. Je voulais toujours un homme, et non un garçon que ce genre de chose mettait mal à l'aise. Mais c'était quand même trop mignon. Je veux dire, comment ne pas aimer une telle situation ?

Tad enroula sa serviette autour de sa tête et se retourna vers moi. Mais la serviette cachait son visage, et il ne pouvait rien voir. J'éclatai de rire.

– Tad, c'est juste un maillot de bain. Tu n'as pas besoin de te cacher.

Il repoussa la serviette sur le côté et me regarda d'un œil.

– Je ne me cache pas.

– Non ?

Je saisis sa serviette et tirai dessus.

– Je ne suis pas dupe.

Il reprit sa serviette, mais la passa cette fois autour de son cou.

– Je ne me cache pas.

– Bien.

J'enveloppai ma serviette autour de mes épaules et souris à moi-même.

Tad avait conscience que j'étais une fille. Malgré tous ses efforts, il avait remarqué.

Et vous savez quoi ? Je commençais à penser qu'un garçon, ce n'était pas si mal.

Peut-être.

Quatre heures plus tard, j'avais réuni assez de données pour décréter que j'aimais la randonnée. Ou la promenade, comme n'arrêtait de se plaindre Luke, le frère de Tad, quoique plaisamment. Il voulait que les membres les plus robustes du groupe aillent faire une vraie escalade en montagne, à quelque vingt minutes en camionnette de là. Mais Beth avait insisté pour qu'il reste avec nous, pour porter les tout-petits lorsqu'ils seraient fatigués. Autrement dit, pratiquement tout le temps.

Tad avait fait sa part de portage. En fait, il était super bon avec les enfants. Vraiment pas le gars plus âgé égocentrique que j'aimais habituellement. Mais il avait un charme indéniable, surtout maintenant qu'il n'était plus méchant avec moi.

Je fronçai les sourcils. Pourquoi était-il gentil avec moi? Qu'est-ce qui avait changé? Redeviendrait-il le vieux Tad lundi, à notre retour au stand de Sam? Quelque chose piqua ma jambe, et je me donnai une tape sur le tibia. Une abeille tomba par terre. Puis, je me fis piquer sur la cuisse, puis de nouveau sur le tibia.

– Je me fais attaquer!

Je réalisai soudain que j'étais entourée de choses bourdonnantes jaune et noir.

– Un essaim d'abeilles!

Tout le monde se mit à crier et à courir, mais personne ne criait aussi fort que moi.

– Au secours! Au secours!

La douleur se répandit dans mon bras. Je savais que je venais encore de me faire piquer.

– Faites-les partir!

Je hurlais maintenant, agitant mes bras pour chasser toutes sortes d'abeilles meurtrières volant à toute allure autour de ma tête.

– Au secours!

Tout à coup, Tad m'attrapa par derrière et me projeta presque dans le lac.

– Hé!

Je pleurais maintenant, tellement j'avais mal.

– Arrête !

– Va sous l'eau !

Il me releva et m'entraîna plus profondément dans le lac. Puis, il saisit mes épaules et me poussa sous l'eau. Une fois dessous, il hocha la tête et me fit un signe. Il voulait que je nage, et je voulais pleurer. Me tirant par la main, il commença à nager.

Je n'avais d'autre choix que de suivre. Je le fis pendant environ une seconde. Après quoi, je manquai d'air. Tad remonta avec moi à la surface. Dès que ma tête fut sortie de l'eau, il dit :

– Prends une grande inspiration et retourne sous l'eau. Il faut s'éloigner suffisamment des abeilles.

Tandis qu'il parlait, j'entendis d'autres bourdonnements. Prise de panique, je replongeai immédiatement. Cette fois, Tad n'eut pas à me dire de nager. Je nageai aussi vite que je pus. En fait, à ma troisième plongée, Tad saisit mon bras et me tira vers la surface.

– Elles sont parties.

Je tentai de me libérer.

– Non. Il faut aller plus loin.

Il mit une main sur mon épaule, en utilisant l'autre pour nager sur place.

– Allie. Regarde. Pas d'abeilles.

Je regardai malgré moi et tendis l'oreille. Je n'entendais que les cris de sa famille sur la rive et sa respiration. Ou était-ce la mienne ? Non. Moi, je reniflais et je pleurais.

– Tu crois qu'elles sont parties ?

– Oui.

Il tourna brusquement sa tête vers la rive.

– Rentrons.

– Non !

– Nous sortirons sur la rive là-bas, loin d'elles, d'accord ? Il haussa la voix et cria à sa famille :

– Y a-t-il des abeilles où vous êtes ?

– Non, cria son père. Venez.

– Tu vois ?

Bien sûr. Je pris une grande bouffée d'air et me rendis compte à quel point mon corps me faisait mal. Une douleur lancinante semblait frapper de toutes parts, envahissant ma peau et s'infiltrant dans ma chair. Je clignai des yeux pour chasser mes larmes et me mis à nager vers sa famille.

Je changeai d'avis. Je détestais la randonnée. Je détestais le camping et tout ce qui s'y rattachait. Absence de douches, vêtements sales, abeilles, tout ! Lorsque mes pieds touchèrent le fond, la mère de Tad se tenait dans l'eau près de moi.

— Tu vas bien, Allie ?

Elle m'enlaça et me serra dans ses bras. Me serra dans ses bras ? Depuis quand me serrait-on dans ses bras ? Je me mis aussitôt à pleurer. À brailler. Et je ne pouvais plus arrêter. Totalement gênant.

— Oh, mon Dieu ! Tu as mal.

Laissant un bras autour de moi, elle me tira vers l'eau peu profonde.

— Assieds-toi.

Je m'assis, les hanches bien dans l'eau. La mère de Tad souleva ma jambe et l'examina. Puis, elle en fit de même avec mon autre jambe. Puis, avec mon bras. Puis, mon autre bras. Lorsqu'elle eut fini, j'avais l'impression d'être allée chez le médecin.

Sauf que ce n'était pas le cas. J'étais assise dans un lac, la mère de Tad prenant soin de moi. Depuis quand prenait-on soin de moi ? C'était si bizarre que j'eus quasiment envie de me remettre à brailler.

— Combien de piqûres d'abeilles ? demanda Tad.

Je lui jetai un coup d'œil, surprise par le ton soucieux de sa voix. Comme de raison, son front était plissé, et il semblait inquiet.

– Au moins huit.

Je regardai sa mère.

– J'ai été piquée huit fois?

– Au moins.

Elle s'accroupit devant moi.

– As-tu déjà été piquée par une abeille?

– Euh, oui. Bien sûr. Mais pas depuis un bon moment.

La douleur parcourait toujours mon corps, mais les larmes ne coulaient plus. Ouf!

– Es-tu allergique?

Je fis « non » de la tête.

– Eh bien, tant mieux!

Sa mère adressa un regard soulagé au groupe debout sur la rive.

– Je crois que nous allons nous en sortir.

Nous, ensemble, sur le même bateau. Nous, en tant qu'équipe. Je parvins à faire un sourire tremblant.

– Voilà qui est mieux, ma chérie. Continue à sourire.

La mère de Tad m'étreignit de nouveau.

– Bon, et maintenant? Es-tu prête à retourner au camp?

– À travers les abeilles ?

Je ne pus empêcher la panique dans ma voix. Elle sourit.

– Non. Notre parcours forme une boucle, alors nous allons simplement la suivre, dit-elle en tapotant mon bras. Malheureusement, il n'y a pas de façon rapide de regagner le camp. Nous sommes à au moins deux heures de marche.

Deux heures ? Alors que mon pauvre corps était sur le point d'entrer en état de choc ?

– Nous devrions peut-être nous arrêter ici pour déjeuner, suggéra Beth. Pour lui donner le temps de récupérer.

Il était hors de question que je gâche la journée de tout le monde. Je me levai immédiatement.

– Je vais bien. Je peux continuer.

– Je meurs de faim, dit le père de Tad en m'ignorant. J'avais hâte de faire une pause.

– Moi aussi, renchérit Luke en déposant les deux enfants par terre. Mangeons.

– Non, vraiment, je vais bien. Vous n'avez pas à vous arrêter.

C'était comme si je n'avais rien dit.

– Il y a un petit carré de sable ici. Installons-nous là pour déjeuner, dit Beth en posant son sac à dos sur le sol. À table !

Je regardai la famille prendre possession de la plage et préparer le déjeuner. Pour moi. Je n'étais pas dupe. J'étais la cause de cet arrêt et j'étais totalement émue.

Tad se pencha sur mon épaule.

– Reste assise dans l'eau, sa fraîcheur aidera à calmer tes brûlures. Je me retournai pour le regarder.

– Tu crois?

Il hocha la tête.

– Je vais m'asseoir avec toi.

Et il le fit. Il s'assit dans l'eau. Près de moi. La mère de Tad me tendit un sandwich, et Tad s'en prit un. Nous étions un peu en retrait des autres, puisqu'ils étaient sur la terre ferme. Après quelques minutes, je jetai un coup d'œil à Tad.

– Euh, merci de m'avoir sauvée.

Ses joues rougirent de nouveau, et il haussa les épaules.

– Ce n'était pas grand-chose.

– Non, sérieusement. Tu aurais pu te faire piquer aussi.

Je fronçai les sourcils.

– Tu t'es fait piquer?

– Seulement une fois. Rien de grave.

Il mordit dans son sandwich, l'air vraiment mal à l'aise. Il avait souffert pour moi?

– Tu t'es fait piquer? Pour moi? Où?

Il tendit son bras. Une petite marque palpitait sur son avant-bras.

– Tad.

Je ne savais pas quoi dire. Jamais encore quelqu'un n'avait pris une piqûre d'abeille pour moi.

Ses joues étaient toujours rouges. Il haussa les épaules.

– Comment trouves-tu le sandwich ? Tu aimes le thon ?

– Ouais.

Je mordis dans le sandwich et mastiquai en essayant de faire abstraction de la douleur sur ma joue et autour de mon œil droit. La douleur ne pouvait signifier qu'une chose : j'avais au moins une piqûre sur le visage, et ma joue et mon œil étaient gonflés comme l'était l'avant-bras de Tad. Allie, reine de beauté. Tu parles ! Sans maquillage. Les cheveux en bataille. Le visage plein de boursouflures. Un tee-shirt de nuit sur le dos. Mes amies ne me reconnaîtraient pas. Franchement, je n'étais pas sûre de me reconnaître moi-même.

CHAPiTRE 9

– Quelle chanson devrions-nous chanter en premier ? Je regardai Tad d'un regard surpris.

– On va chanter ?

Nous avions fini de dîner depuis environ vingt minutes. J'étais assise sur une couverture avec des poches de glace un peu partout sur le corps. Tad tenait celles sur mon bras et moi, celle sur mon visage, tandis que la gravité s'occupait de celles sur mes tibias. Luke était allé en camionnette acheter d'autres sacs de glace pour que je n'en manque pas.

C'était trop bizarre que quelqu'un aille magasiner pour moi. Je me sentais comme une reine choyée.

– Bien sûr, dit le père de Tad. Que serait le camping sans les chants autour du feu ? Il fit un signe de tête à Luke.

– Tu as apporté la guitare ?

Luke déposa une petite fille qui, je crois, s'appelait Missy, sur les genoux d'une autre belle-sœur qui, je crois, s'appelait Ruth.

– Ouais. Elle est dans ma tente.

Il y avait seize personnes autour du feu de camp. Seize personnes plus moi. Seize personnes que je ne connaissais absolument pas vingt-quatre heures plus tôt. Seize personnes qui semblaient maintenant former ma famille. Et Tad. Mon regard croisa le sien. Je souris, et il en fit autant. Luke réapparut et prit place sur un rondin. Il commença à gratter sa guitare.

– Que voulez-vous chanter ?

– Pourquoi pas *Supercalifragilisticexpialidocious* ? suggéra Beth. Nous avons revu Mary Poppins récemment, et les filles adorent cette chanson.

Luke hocha la tête.

– Tout le monde la connaît ?

Il me regarda.

– Allie ?

– Oui, je la connais.

Comme eux, j'avais regardé le film à la télé pendant la semaine. Je ressentais des affinités avec ces deux enfants qui avaient été ignorés par leur père. J'avais besoin d'une Mary Poppins, moi aussi. Je veux dire, quand j'étais plus jeune. Aujourd'hui, j'étais suffisamment grande pour me débrouiller toute seule.

– Super.

Luke joua quelques notes, et le groupe se mit à chanter. Certains connaissaient les paroles moins que d'autres, alors je chantais un peu plus fort pour les aider. Même Tad chantait, et il avait d'ailleurs une assez jolie voix. À la fin de la chanson, je m'aperçus que tout le monde me dévisageait. Oh, oh ! Qu'avais-je fait de mal ?

– Tu sais chanter, dit Luke.

– Eh bien, oui. Tout le monde sait le faire, non ?

Je me sentais extrêmement mal à l'aise. Tout le monde continuait à me regarder comme si une corne venait de pousser au milieu de mon front.

— Pas aussi bien que toi, dit le père de Tad. Où as-tu appris à chanter comme ça ?

Je changeai de position, déplaçant la poche de glace sur mon œil de façon à ne plus voir que la moitié du groupe.

— Je ne sais pas. Nulle part. Je chante, voilà tout.

— Tu n'as jamais pris de cours ?

Cette fois, c'était la mère de Tad. Pourquoi cette inquisition ?

— Non, répondis-je malgré moi sur un ton défensif. Et alors ? Il n'y a rien de mal à ça.

Tad se pencha vers moi, et je sentis son haleine sur mon oreille.

— Ma mère est prof de chant. Elle et mon père chantent dans la chorale de l'église. Ils ont l'oreille très musicale.

Oh ! Voilà qui expliquait leur intérêt. La mère de Tad n'avait pas fini.

— Allie, tu dois cultiver cette voix. Travaille-la, développe-la. Elle est magnifique. Je fis un genre de haussement d'épaules.

— Je ne sais pas.

Bien sûr, mes amies me disaient toujours que je chantais bien, et je savais que j'étais capable d'interpréter une chanson. Mais personne ne m'avait encore dit que j'avais une belle voix.

– Je t'apprendrai. Viens travailler avec moi.

La mère de Tad avait l'air si excitée que je n'aurais pas été surprise de la voir s'élever de son rondin et exploser dans les airs. Je changeai de position.

– Euh… Je n'ai jamais songé à chanter.

– Tu as du talent, ma chérie, et ce serait un crime de gaspiller ce don. Nous commencerons ton entraînement lundi, d'accord ? Ne réponds pas. C'est une affaire réglée.

Elle hocha fermement la tête, et le reste du groupe se mit à discuter du choix de la prochaine chanson. Je restai immobile, tandis que la glace gelait mon visage.

Moi ? Une chanteuse ? Talentueuse ? Je n'étais pas une athlète. Je n'avais que faire de l'école. La seule chose de remarquable chez moi, c'était ma façon de remplir mes tee-shirts. Jusqu'à présent. Malgré mon visage bouffi et mes cheveux horribles, la famille de Tad me trouvait quand même spéciale. Incroyable. Luke m'adressa un signe de la tête.

– Puisque tu es le dernier talent à entrer dans notre cercle, choisis la prochaine chanson.

– Moi ?

– Ouais.

Je regardai l'assemblée. Tout le monde avait les yeux fixés sur moi, en attente, prêt à suivre mes ordres. Même Tad. Il me fit un clin d'œil et je souris. Bon, d'accord. J'aimais peut-être bien le camping, après tout. Tad et moi allâmes prendre un bain de minuit pour calmer mes piqûres d'abeilles. Nous nageâmes un moment, puis Tad s'arrêta et fit du surplace.

– Peux-tu flotter sur le dos ?

– Oui. Pourquoi ?

– Fais-le, et regarde le ciel.

Je levai les yeux et découvris un ciel noir tout pointillé d'étoiles. Je n'avais jamais vu autant d'étoiles de ma vie. Je me mis aussitôt sur le dos et gonflai ma poitrine pour ne pas couler. Étonnant. J'étais pratiquement sûre de voir toutes les étoiles existantes. De quoi me faire sentir vraiment insignifiante.

– As-tu vu ça ? demanda Tad.

– Vu quoi ?

– L'étoile filante. S'en allant vers la rive.

– Non. Mince alors. Je n'en ai encore jamais vue.

Je me tournai pour observer le ciel au-dessus de la terre.

– Qu'est-ce que je dois voir ?

– Une traînée lumineuse.

Tad cogna ma jambe.

– Désolé.

– Pas de problème.

Vraiment pas de problème. Je commençais à aimer qu'il me touche. Même si ce n'était que pour me sauver des abeilles ou tenir de la glace sur mon bras. Je me demandais quel effet cela ferait s'il tenait ma main, s'il faisait juste la tenir. Je vis une traînée lumineuse.

– C'en était une ? criai-je.

– Ouais. Cool, hein ?

– Incroyable.

Nous restâmes là, à flotter indéfiniment, et je vis huit étoiles filantes.

– Une pour chaque piqûre d'abeille, dit Tad tandis que nous regagnions la rive.

– Inutile de me le rappeler.

– Tu veux t'asseoir une minute ? demanda-t-il en indiquant un rocher plat. Mon estomac s'agita soudainement.

– Absolument.

Il étala sa serviette, et nous nous assîmes côte à côte. Sans nous toucher. Normalement, je n'aurais eu aucun scrupule à m'appuyer contre lui et à faire de grosses allusions. Cette fois, je n'en fis rien. Que pensait-il de moi ? Et d'où me venaient ces pensées garçon-fille à son égard ? Je n'en avais aucune idée. Pendant un moment, nous écoutâmes en silence le clapotis de l'eau.

– Allie, je peux te demander quelque chose ?

– Bien sûr.

Je croisai les doigts derrière mon dos, priant que ce soit quelque chose de bon.

– Que s'est-il passé la nuit dernière avec Rand?

Il me semblait qu'une éternité s'était passée depuis.

– Nous avons eu une divergence d'opinion.

– J'aimerais en savoir davantage.

Je tournai la tête pour le regarder. Ses yeux scrutaient le lac. La lune éclairait son visage, donnant à sa peau une teinte bleutée, métallique, brillante.

– Pourquoi?

– Parce que.

Parce que tu m'aimes et que tu veux entendre que Rand ne fait plus partie du décor? J'espérais qu'il en soit ainsi. Pour que mon souhait se réalise, je devais dire à Tad ce qui s'était passé.

– Il voulait m'embrasser et, moi, je ne voulais pas. Son cou se tendit.

Il ne me regardait toujours pas.

– Pourquoi pas?

– Ben…

Je mordillai ma lèvre inférieure, en cherchant la façon d'expliquer une chose que je n'étais pas sûre de comprendre moi-même.

– Je pensais que tu l'aimais.

– Je l'aimais. Ou je pensais l'aimer.

– Qu'est-ce qui a changé ?

Il me jeta un coup d'œil de côté, puis fixa de nouveau l'horizon. Je frottai mon menton.

– Je ne suis pas sûre. Je suppose que… j'en ai marre de me faire plaquer.

– Qu'est-ce qui te fait dire qu'il t'aurait plaquée ?

Je roulai les yeux.

– Écoute. Je suis la reine des relations à court terme. Je cherche ce genre de gars, et Rand est le spécimen parfait. Aucune capacité d'attention, ce qui est exactement ce que je voulais.

Tad cessa finalement de faire semblant de ne pas écouter. Il se tourna pour me regarder.

– Alors, s'il est parfait, pourquoi l'as-tu poussé dans l'eau ? Pour te faire désirer ?

– Non !

Je fis la moue.

– J'en ai juste ras-le-bol qu'on me laisse tomber. Nous restâmes silencieux un moment.

– Qui t'a laissé tomber ?

Je serrai mes genoux contre ma poitrine.

– Mon père.

Il fit un bruit de compassion.

– Que s'est-il passé ? Divorce ?

– Eh bien, ouais ! Mais ce n'est pas le problème. Il a déménagé en Californie, et je ne l'ai presque pas vu en six ans. J'étais censée passer tout l'été chez lui, et apprendre à connaître la femme qu'il va épouser, mais il a appelé la veille de mon supposé départ pour me « désinviter ».

Je me mordis la lèvre. Salaud.

– C'est dégueulasse.

Son ton catégorique me fit rire, malgré moi.

– Je sais.

Puis, je redevins sérieuse.

– La plupart des gens pensent que c'est cool de ne pas avoir de supervision parentale. Mes amies me répètent sans arrêt que je suis chanceuse d'avoir une mère toujours absente, qui se fiche que je passe la nuit dehors.

– Ça comporte des avantages, dit Tad. Mais c'est décevant de se faire abandonner par ses parents.

Il se tut un instant.

– Tu connais mon père ?

– Ben oui. Il est vraiment sympa.

— Il n'est pas mon vrai père.

Je faillis tomber du rocher tellement j'étais abasourdie.

— Tu es sérieux ? Mais il semble si proche de tout le monde, et de ta mère. Et de toi. Il semble vraiment t'aimer.

Tad lança une pierre dans le lac et la regarda ricocher.

— En effet. Il s'est marié avec ma mère il y a dix ans, alors il est le seul papa que je connaisse. Mon propre père ne vient jamais nous voir. Mes frères aînés se souviennent de lui, mais pas moi. Pas beaucoup en tout cas.

Ça alors ! Un autre cas de père volatilisé.

— Tu n'as pas envie de le rencontrer ? dis-je. De le voir ?

— Non. Il n'est plus mon père désormais.

Tad lança une autre pierre qui fit « plouf ! » et disparut sous la surface.

— Si ton père se fout de toi, il n'est pas ton père. Ne le laisse pas te faire de la peine.

Il haussa les épaules.

— Comme la mienne, ta mère se remariera peut-être avec quelqu'un d'autre.

Je pensai au méchant Jack et à son usurpatrice de fille.

— Ou peut-être pas, poursuivit-il. Mais au moins, tu as toujours ta mère.

— Ouais, en quelque sorte. Sortir avec des hommes lui importe plus que moi.

Mais si elle le faisait pour me trouver un père ? Et si elle essayait en fait de prendre soin de moi ? Nan ! Elle était bien trop égoïste.

— Alors, viens traîner chez moi. Ma famille t'aime. La chaleur envahit mon ventre.

— Vraiment ?

Et toi ?

— Ouais. Tu les as entendus. Ma mère t'a déjà inscrite sur sa liste de vedettes potentielles qui deviendront célèbres.

Célèbre ? Y avait-il une possibilité de célébrité dans mon avenir ?

— J'irai peut-être.

Il hocha la tête.

— Prête à rentrer ?

— Certainement.

Tad sauta du rocher et prit ma main pour m'aider à descendre. Mais il la relâcha dès que je touchai le sol. Il me raccompagna à ma tente, puis traînassa une minute.

— Alors, euh, on rentre demain.

— Retour à la vraie vie.

Il hocha la tête.

– Retour aux carottes et aux tomates.

Mon estomac se retourna à cette pensée. Et s'il redevenait l'ancien Tad ?

– Tad ?

Il me regardait attentivement, et j'évitai son regard.

– Quoi ?

– Vas-tu être méchant avec moi, lundi ?

Il haussa un sourcil.

– Que veux-tu dire ?

– Eh bien, tu as été assez impatient avec moi au travail. Rien à voir avec ton comportement ici… je veux dire… oh ! qu'importe !

J'étais pitoyable. Méga nulle. Comme si le fait que Tad soit gentil ou pas pouvait m'affecter. Il approcha sa main de mon bras, mais la laissa tomber avant de me toucher.

– Je pensais que tu étais différente. Je t'ai mal jugée.

Ce changement d'avis était-il positif ou négatif ? J'avais peur de poser la question.

– Ça sera cool, dit-il.

Cool ? Que voulait-il dire ? Je voulais tellement qu'il me prenne dans ses bras. Qu'il m'embrasse. Qu'il me dise qu'il ne pouvait pas vivre sans moi. Il toucha mon épaule.

– À demain.

– À demain.

Ouais. Trop romantique. Puis, il se tourna et marcha vers sa tente. Il m'envoya un petit « coucou » de la main et disparut derrière les rabats. Jamais encore je n'avais désiré aussi fort qu'un garçon m'embrasse. Et jamais encore les mots ne m'avaient manqué pour le lui faire savoir. Ou il le savait et s'en moquait. Ou il le savait, et l'idée le répugnait.

Pour la première fois de ma vie, j'avais besoin de l'avis de mes amies sur la question. Désespérément. Assises sur le lit de Blue, mes amies et moi mangions du maïs soufflé. Je leur relatai tous les événements du week-end. J'exhibai fièrement les marques pâlissantes de mes piqûres d'abeilles et je reçus la compassion attendue à l'annonce du triste sort de tous mes mignons vêtements.

J'avais demandé aux parents de Tad de me déposer chez Blue. Pourquoi aurais-je voulu retourner dans une maison vide ? Après avoir vécu au milieu de tant de gens tout le week-end, je me serais sentie trop seule.

– Alors, tu l'aimes vraiment ? demanda Natalie.

Elle poussa un cri de joie et brandit ses bras au-dessus de sa tête en signe de victoire.

– Je le savais !

Je souris.

– Je te le revaudrai.

— J'y compte bien ! As-tu idée de la torture que j'ai endurée pendant quatre heures de route avec Rand ? Le gars ne vit que pour son ego. Il a même essayé de me tripoter.

Elle roula les yeux et s'affala sur le lit.

— Je ne vois aucun lien de parenté entre lui et Tad.

Je n'avais plus besoin de me demander si Natalie aimait Tad. Le fait qu'elle soit partie avec Rand était une réponse éloquente. Je lui devais beaucoup. Vraiment beaucoup.

Frances leva la main.

— Bon, récapitulons. C'était la nuit, tu es allée nager toute seule avec lui, en bikini, et il n'a pas essayé de t'embrasser ? Pas même sur la joue ?

— Eh non !

— Et pourquoi ne l'a-t-il pas fait ?

— Et comment suis-je censée le savoir ? Il ne m'aime probablement pas.

Blue et Frances échangèrent un regard plein d'espoir, et je leur lançai un oreiller.

— Pouvez-vous oublier votre pari ? C'est de mon bonheur dont il est question.

Blue secoua la tête.

— Désolée, mais le bourrage de soutien-gorge passe avant tout. Je dois éviter l'humiliation publique à tout prix.

Stupide pari. J'avais besoin de tout le soutien possible.

– Laissons tomber le pari. S'il vous plaît. J'ai besoin d'aide.

– Pas question! dit Natalie en s'asseyant. Elles sont à deux doigts de perdre. Ce n'est pas le moment de décrocher. On peut parfaitement gérer cette affaire sans elles.

Je mesurai Blue et Frances du regard. Elles n'avaient pas l'air de trop s'en faire.

– Qu'est-ce qui nous dit qu'elles n'essaieront pas de saboter les choses?

– Elles sont fondamentalement tes amies et elles ne te feraient jamais de mal.

Natalie paraissait si confiante que je faillis la croire.

– Mais je pense, ajouta-t-elle, que nous devons les mettre dehors si nous voulons discuter d'un plan pour appâter Tad.

– Pas question, dit Blue.

Elle croisa les bras.

– Nous n'interviendrons pas, mais nous avons le droit de savoir ce qui se trame.

Natalie se leva.

– Désolée, mais c'est non. Allie, allons chez toi.

Elle salua Frances et Blue de la tête.

– À demain, au travail.

Elles rouspétèrent et se plaignirent, mais Natalie ne les laissa pas nous dissuader de partir.

Tandis que nous marchions vers ma maison, chacune portant un de mes sacs de voyage, je me sentais de plus en plus morose. Je ne voulais pas rentrer chez moi. Surtout en apercevant une voiture garée dans l'allée, qui n'appartenait pas à ma mère.

CHAPItRE 10

– À qui appartient cette voiture? demanda Natalie.

– Aucune idée.

Je sortis ma clé de mon sac.

– Nous allons entrer en douce par la porte arrière et monter directement dans ma chambre.

Trop tard. Alors que nous approchions de la maison, la porte d'entrée s'ouvrit, et ma mère apparut sur le perron.

– Allie! Natalie! Vous arrivez juste à temps pour le dîner.

Je plissai les yeux. Depuis quand ma mère cuisinait-elle?

– Elle est à qui, cette bagnole?

– Allez, entrez.

Ma mère se mit en retrait, en nous tenant la porte. Avais-je le choix? Je m'exécutai à contrecœur, entrant avec Natalie dans le vestibule.

– Dans la salle à manger.

Ma mère nous prit par les coudes et nous guida vers l'arrière de la maison.

En arrivant dans la pièce, je vis un homme qui paraissait aussi vieux que ma mère et une fille qui avait l'air d'avoir mon âge. Sauf que son allure n'était pas tendance du tout. Elle portait un chemisier fleuri, mais aucun maquillage, et ses cheveux étaient bizarrement bouclés.

– Allie, voici mon ami Jack et sa fille Martha.

Jack et Martha chez moi ? À ma table ? Ma mère m'avait totalement trahie. Comment osait-elle m'imposer leur présence sans avertissement ? Elle passa un bras autour de mes épaules et l'autre autour de celles de Natalie.

– Voici ma fille Allie et son amie Natalie.

J'étais surprise qu'elle se souvienne encore du nom de Natalie. Il y avait un bail qu'elle avait vu mes amies. Jack se leva immédiatement et me serra si fort dans ses bras que j'eus envie de vomir. Puis, Martha sourit.

– Salut, Allie. Je suis vraiment contente de faire ta connaissance.

Je ne pouvais pas en dire autant, petite Miss voleuse de maman. Jack et Martha avaient droit à un repas cuisiné par ma mère. Et moi ? À de la pizza au micro-ondes, si j'étais chanceuse.

– Salut, dit Natalie. Qu'y a-t-il au menu ?

– Du saumon grillé, répondit ma mère. Il y en a pour tout le monde. J'espérais que vous seriez là toutes les deux.

Du saumon grillé. Un plat gastronomique selon les critères de ma mère. De toute évidence, elle plaçait Jack et Martha sur un piédestal, bien au-dessus de moi.

– Je dois aller ranger mes affaires.

– Tu peux le faire après le dîner.

– Je dois laver mes vêtements.

Ma mère me regarda en plissant les yeux.

– Après le dîner.

– Je dois mettre de la lotion sur mes huit piqûres d'abeilles.

Pause.

– Tu as huit piqûres d'abeilles ?

Natalie fit un signe de la tête.

– On voit encore les marques.

Je montrai ma joue du doigt. Ma mère se pencha pour mieux voir, puis son visage se contracta.

– Je n'avais pas remarqué.

– Tu m'étonnes.

– Je suis désolée, chérie.

– Pour les piqûres ou pour ne pas avoir remarqué?

– Les deux.

C'était nouveau, ça. Ma mère s'excusant de ne pas m'avoir remarquée ? Probablement pour bien paraître devant les invités.

– Je vais manger dans ma chambre.

La femme au regard triste se transforma en amazone tueuse.

— Tu vas manger avec nous.

Je la regardai droit dans les yeux.

— Et tu seras aimable, poursuivit-elle.

— Sinon quoi ? Tu vas me priver de sortie ? Alors, tu devras amputer ta vie sociale pour t'assurer que je reste à la maison.

— Allie.

— Quoi ?

J'étais agressive. Et alors ? Je n'en étais pas fière, mais je ne pouvais pas m'en empêcher. Elle voulait que je m'assoie avec ceux-là mêmes qui m'avaient volé le peu que j'avais d'elle ? Tu parles !

— Assieds-toi, ou j'aviserai M. Novak demain que tu ne travailleras pas pour lui cet été.

— Maman ! Tu ne peux pas faire ça !

Me priver de mon travail. De mon temps avec Tad et de mes amies. Et pourquoi pas m'interdire de prendre des leçons de chant avec la mère de Tad ?

— Tu crois ?

Je lui lançai un regard meurtrier, et elle prit immédiatement un air menaçant. Elle avait gagné, et toutes deux le savions. En posant mes fesses sur la chaise près de Natalie, je me dis que j'allais être polie par obligation. Je ne serais pas sincère et je n'aurais aucun plaisir. Point final.

J'étais déjà dans le champ de fraises quand Tad se pointa. Je portais une tenue parfaite pour la ferme. Un vieux jean, des vieilles baskets (sorties du fond de ma penderie, puis roulées dans la boue pour être convenables), un tee-shirt bleu du stand et une casquette de baseball. Maquillage minimal et cheveux en simple queue-de-cheval, sans recourir au fer à friser. Puisque Tad avait été sympa avec moi après m'avoir vue toute moche au camping, Natalie et moi en avions conclu que c'était le look à adopter pour qu'il me remarque. Je me sentais bizarre et laide mais, en même temps, libérée. Le matin, je m'étais préparée en un temps record, n'ayant ni à me coiffer ni à me maquiller.

— Salut, Allie, lança Tad en s'agenouillant près de moi. Comment vas-tu ?

Je lui souris et me redressai.

— Bien, maintenant que tu es là.

Son sourire faiblit, alors je m'empressai d'ajouter :

— Parce que tu vas pouvoir m'aider.

Bon sang. Pourquoi avait-il l'air si paniqué à l'idée que je pouvais l'aimer ? Frances et Blue avaient-elles raison ? Ne m'aimait-il vraiment pas ?

— C'est vrai.

Il installa son panier et se mit au travail près de moi, en silence, ramassant les fraises deux fois plus vite que moi. J'étais sidérée.

Ce n'était pas exactement l'accueil passionné que j'espérais. Qu'est-ce qui n'allait pas? J'étais vêtue comme il aimait, je travaillais fort.

– Au fait, ma mère voudrait que tu viennes chez nous avec moi pour le truc du chant. Disons mercredi après le boulot? proposa-t-il.

Une étincelle d'excitation me parcourut – une étincelle seulement, puisque j'étais parfaitement consciente que l'invitation venait de sa mère, pas de lui.

– Ça te dérange si j'y vais avec toi?

Il haussa les épaules.

– Non, c'est bon.

C'est bon. C'est bon. C'est bon? Bien sûr que c'était bon. Il travaillait près de moi et il était gentil. C'était mieux que s'il bossait à l'autre bout du champ en m'envoyant des regards exaspérés, pas vrai? Mais pourquoi ne faisait-il aucun compliment sur ma tenue, ou geste indiquant son désir de rentrer chez lui avec moi? Je lançai violemment une fraise dans le panier, puis regardai fixement sa dépouille éclatée. Blue et Frances avaient raison. Il ne m'aimait pas. Incroyable.

– Tu as aimé ton week-end de camping? demanda-t-il.

– Ouais.

Les yeux toujours rivés sur le panier, je retirai brusquement les éclats de fraise et les enfonçai dans la terre. Tiens, prends ça, stupide fraise!

– Tes piqûres d'abeilles te font encore mal ?

Je soupirai. Pourquoi me posait-il cette question ? Il avait quasiment l'air de s'en soucier. J'étais déconcertée.

– Non, ça va.

– Tu as réussi à enlever les taches de jus d'orange de tes vêtements ?

– Je n'ai pas essayé.

J'avais passé la soirée à divertir Jack et Martha. Je les haïssais tous les deux, bien qu'ils n'aient rien fait de mal ou d'agressif.

– Hé !

Je le regardai.

– Quoi ?

– C'est quoi ton problème ?

– Mon problème ?

Je laissai tomber les fraises dans le panier et posai mes mains sur mes hanches.

– Mon problème ?

– Ouais. Tu réponds sèchement à toutes mes questions. J'essaie d'avoir une conversation avec toi.

Je clignai des yeux.

– Vraiment ?

– Évidemment. Tu crois que je me parle à moi-même ?

Il me parlait. C'était une amélioration par rapport à notre relation d'avant le camping.

– Allie, dit-il en touchant mon bras. Qu'est-ce qui t'embête ? Il s'est passé quelque chose après notre départ ?

Mon plus gros problème était que je voulais qu'il m'aime, alors qu'il ne semblait avoir aucun penchant pour moi. Et mon second problème suivait de près.

– En fait, ouais. Je suis rentrée chez moi, et ma mère avait invité son copain et sa fille à dîner. J'ai dû passer la soirée avec eux.

Il leva un sourcil.

– Alors, c'est bien, non ? Tu pourrais avoir un nouveau papa ?

– Non, ce n'est pas bien ! Dernièrement, elle m'a totalement abandonnée pour passer du temps avec eux. Peux-tu croire qu'elle va voir les matchs de softball de cette fille, mais qu'elle ne juge pas utile d'être avec sa propre fille le soir de son départ pour tout l'été ? Elle les aime plus que moi et, maintenant, elle veut que je les accueille dans ma vie.

Je retins mes larmes et regardai les feuilles vertes qui dépassaient de la terre. Pourquoi avais-je parlé de ma mère à Tad ? Je ne parlais plus d'elle à quiconque, parce que cela compromettait sérieusement l'image de la fille totalement branchée et équilibrée que je projetais. Tad s'assit sur ses talons.

– Quand ma mère a commencé à fréquenter mon père, mes frères le détestaient. J'étais trop petit pour comprendre, mais je me souviens de les avoir entendus se plaindre et râler.

– Je ne peux pas le croire. Ton père est tellement génial.

Tad haussa les épaules.

– Nous ne le savions pas à l'époque. Pour nous, il était un étranger qui allait semer la pagaille dans notre famille.

– J'imagine.

Le père de Tad était génial. Je l'aimais. Si c'était lui qui sortait avec ma mère, je n'y verrais aucun inconvénient.

– Peut-être que ce gars sera comme mon père. Peut-être qu'il est gentil.

– Ou peut-être qu'il est en train de me voler ma mère.

– Peut-être que tu devrais lui donner sa chance.

Comment pouvais-je donner une chance à Jack et à sa sournoise de fille ? Il n'y avait clairement aucune place pour moi dans ce petit trio.

– Ou peut-être que non… Et peut-être que tu devrais t'occuper de tes oignons.

Il leva un sourcil.

– Si c'est ce que tu veux.

Je fronçai les sourcils en le voyant s'éloigner et s'installer à une dizaine de mètres plus loin. Je ne voulais pas le chasser. Cependant, je n'avais pas besoin qu'on me dise quoi faire au sujet de ma mère et de son jouet. Et je n'allais pas perdre mon temps avec un garçon qui ne m'aimait pas. J'avais quand même envie d'apprendre à chanter. Ce serait trop cool d'avoir un talent quelconque. Qu'en penserait Tad ? Je voulais avoir du talent, pas pour lui ni pour quiconque. Mais pour moi.

M. Novak me donna le numéro de téléphone de Tad. À la pause déjeuner, j'appelai sa mère pour convenir d'une heure pour les leçons. Comme elle ne prenait pas de cartes de crédit, j'allais devoir trouver un autre moyen de paiement. Je n'avais pas de compte chèques, et elle préférait ne pas être payée en espèces pour des raisons fiscales, disait-elle.

J'acceptai de la rencontrer le mercredi après le travail. Je lui dis que je prendrais un taxi pour aller chez elle, mais elle répondit que Rand pourrait m'amener puisqu'il rentrerait avec Tad de toute façon.

Je prendrais un taxi.

Je me surpris à fredonner le restant de la journée, ignorant le fait que Tad ait déjeuné avec Natalie plutôt qu'avec moi, et que Rand ait détourné les yeux en me dépassant près du tas de paillis. Je n'avais plus besoin d'eux. J'avais mon propre talent.

Ha ! Il ne me restait plus qu'à me convaincre de ce fait. Des deux faits, en réalité. Le fait que je n'avais pas besoin d'eux, et le fait que j'avais mon propre talent. Aucun des deux ne semblait trop probable, à vrai dire.

– Allie ? Tu viens ?

Rand était au volant de sa camionnette, Tad assis à ses côtés, et le moteur tournant au ralenti. Je secouai la tête.

– Non, merci.

– Ma mère a dit que je devais t'amener chez nous pour ton cours de chant. Cours de chant. Ça sonnait à merveille.

– J'ai appelé un taxi.

– Un taxi ? Tu rigoles ?

Je m'assis sur l'un des rondins bordant le stationnement.

– Non. Il devrait arriver d'une minute à l'autre.

Rand se tourna vers Tad, et ils discutèrent quelques secondes. Parlaient-ils de moi ? Puis, Tad sortit, contourna la camionnette et vint se planter devant moi.

– Allie ?

Je regardai au loin, guettant l'arrivée du taxi.

– Quoi ?

– Tu es fâchée contre moi ?

Je ne m'attendais pas à cette question. S'il m'avait dit de monter dans la camionnette, j'aurais su quoi répliquer. Mais me demander si j'étais fâchée contre lui ? À son avis ? Toute la semaine, j'avais eu l'impression d'être invisible à ses yeux. Alors j'avais remis cette journée-là mes jolis vêtements.

Pratiques, certes, mais jolis. Aucune différence. Il ne m'avait toujours pas prêté la moindre attention.

— Pourquoi serais-je fâchée contre toi ? À part le fait que tu n'en a rien à faire que j'existe ?

— À cause de ce que j'ai dit sur le gars qui sort avec ta mère. Je ne voulais pas te mettre en colère. Je pensais que je pouvais t'aider, ayant vécu la même chose.

Je n'avais pas vu la situation sous cet angle. Était-ce pourquoi je m'étais confiée à Tad ? Parce qu'il pouvait comprendre ? Alors, il se serait cru permis de me donner son avis ? Je soupirai.

— Je suppose que je ne suis pas fâchée contre toi.

Il sourit et me tendit la main.

— Alors, viens. Laisse tomber le taxi.

Juste à ce moment, le taxi arriva dans le stationnement. Tad m'aida à me lever. Puis, il se dirigea vers le taxi et dit quelque chose au chauffeur, qui démarra aussitôt.

Et je l'avais laissé faire. Je ne m'étais pas dressée devant lui pour lui dire que je pouvais prendre mes propres décisions.

Pour une fois, c'était OK que quelqu'un m'aide. Surtout si ce quelqu'un était Tad. Je crois qu'il me tenait. Me tenait vraiment. Il ouvrit la portière du passager.

— Tu viens ?

— Maintenant que tu as renvoyé mon chauffeur, je n'ai plus le choix.

Pas besoin des garçons

Il sourit.

– Exactement. Tu veux t'asseoir en avant ? Je baissai la voix pour que Rand n'entende pas.

– Et être à côté de ton frère ? Surtout pas.

Souriant de plus belle, Tad hocha la tête.

– J'ai toujours su que tu étais une fille intelligente.

Moi, intelligente ? Impossible. Tout sourire, je m'installai sur la banquette arrière. Mais apparemment, je pouvais chanter. J'avais hâte de commencer ma première leçon.

Assise à l'arrière, regardant les deux frères bavarder, je ne pouvais m'empêcher de me demander s'il y avait un espoir que Tad m'aime. Malgré tous mes efforts, je tenais à lui.

Bon sang ! J'allais devoir m'occuper de mon côté fleur bleue.

CHAPItRE 11

Était-ce possible d'adopter une famille entière ? Ma leçon de chant avait été géniale. Puis, Mme Novak m'avait invitée à dîner. M. Novak était rentré à dix-huit heures et avait joué au basket avec Tad et Rand pendant un moment. Ensuite, Beth et Luke étaient arrivés avec leurs petits.

Tout le monde était si gentil et accueillant que je ne voulais plus partir.

Mais il était presque vingt et une heures, et je devais rentrer.

– Je dois y aller.

S'il vous plaît, quelqu'un. Jetez-vous à mes pieds et suppliez-moi de rester pour toujours !

– Veux-tu appeler ta mère pour qu'elle vienne te chercher ? demanda la mère de Tad.

Jamais de la vie. Toutefois, c'était trop loin pour rentrer à pied. J'ouvris la bouche pour répondre que j'allais prendre un taxi, mais je me ravisai. Je ne voulais pas montrer que j'avais une famille dysfonctionnelle. Je voulais qu'ils pensent que j'étais l'une d'eux, normale et aimée.

– Oui, je vais essayer de l'appeler.

Je composai le numéro du téléphone cellulaire de ma mère et priai pour qu'une fois, juste une fois, elle réponde. Surprise ! Elle répondit.

– Allie ! Où es-tu ?

– Peux-tu venir me chercher ?

– D'où appelles-tu ? J'étais morte d'inquiétude en ne te voyant pas rentrer du travail.

Je clignai des yeux.

– Quoi ?

– Tu rentres d'habitude vers seize heures, n'est-ce pas ? J'ai appelé au stand, et on m'a dit que tu étais partie à quinze heures. Il est plus de vingt et une heures ! J'ai appelé Blue et Natalie et Frances, et tu n'étais chez aucune d'elles. Où es-tu ?

Je dus m'asseoir tellement j'étais sous le choc.

– Depuis quand vérifies-tu l'heure à laquelle je rentre à la maison ?

– Ne me provoque pas, jeune fille. Dis-moi où tu es. Nous parlerons plus tard.

Incroyable. Ma mère avait remarqué mon absence. Trop inouï, vraiment.

– Allie ? Où es-tu ?

– Chez un ami.

Soudainement, je n'avais pas envie de lui dire pourquoi j'étais là. Avec sa récente décision de jouer son rôle de mère, j'avais peur qu'elle fasse valoir sa supériorité hiérarchique et m'interdise de prendre des leçons de chant.

– Où ?

Je réalisai que je n'en avais aucune idée.

– Une seconde. Je vais demander.

J'entrai dans la cuisine, où les parents de Tad faisaient la vaisselle.

– Est-ce que l'un de vous pourrait indiquer le chemin à ma mère ?

– Je vais le faire.

La mère de Tad essuya ses mains sur un torchon, prit le téléphone et disparut dans la pièce voisine. Alors, je pris son torchon et finis de sécher la casserole qu'elle avait commencé à essuyer. Le père de Tad me lança un coup d'œil et me tendit une poêle qu'il venait de rincer.

J'essuyais. Il lavait. Nous discutâmes de mon école et de mes amies. Comment les frères de Tad avaient-ils bien pu détester cet homme ? Il était génial. Et si Jack était aimable ? Non. Je haïssais Jack. Pas vrai ? Tad entra dans la cuisine, et je lui souris.

– C'était super, dit-il en me rendant mon sourire.

Mes joues s'empourprèrent immédiatement.

– Ne te moque pas.

– Non, c'est vrai, dit-il en prenant la poêle de ma main. Tu chantes super bien.

– Tu n'étais pas censé écouter.

Il sourit et rangea la poêle dans le tiroir de la cuisinière.

– J'ai écouté aux portes. Je voulais voir si tu étais aussi bonne que ma mère le pensait.

– Je ne le suis pas, hein?

– Tu es mieux.

Mes joues s'enflammèrent davantage.

– Menteur.

– Non.

Le père de Tad finit de laver la vaisselle et sortit de la cuisine. Je tendis à Tad le saladier que je venais d'essuyer.

– Tu es sérieux? Tu penses vraiment que je suis bonne?

Je retins ma respiration en attendant sa réponse. Je voulais vraiment qu'il dise « oui ». Je voulais être spéciale.

– Oui.

Je ne pus empêcher un énorme sourire de fendre mon visage.

– Chouette.

– Alors… euh… ce truc avec Rand et toi, c'est vraiment fini, hein?

– Évidemment. Je te l'ai dit dans le Maine.

– C'est vrai. Juste pour vérifier.

Pourquoi vérifiait-il? Pourquoi? Pourquoi? Pourquoi?

– Tu sors toujours avec des gars plus vieux, hein?

Il posa le saladier sur la cuisinière.

– Je ne sors pas beaucoup.

Il me regarda droit dans les yeux.

– Je ne te crois pas.

N'ayant plus rien à essuyer, je déposai le torchon sur la table. Embrasser des garçons au hasard pendant les soirées ne signi-fiait pas sortir avec eux.

– C'est vrai. Je n'aime pas m'engager.

– Oh!

– Généralement. Mais il y a toujours des exceptions à la règle.

Je retins mon souffle et attendis.

– Ah bon?

Il s'appuya sur le comptoir et croisa les bras.

– Quel genre d'exceptions?

– Je pourrais vouloir m'engager si j'aime le gars.

Allons Tad! Veux-tu que je te fasse un dessin? Je n'allais quand même pas tout lui dire. Et s'il me rejetait? Je l'aimais, bien sûr, mais une fille doit avoir sa fierté. Il m'observa.

– Intéressant.

Intéressant? C'était tout ce qu'il avait à dire?

— Et tu en aimes un, en ce moment ?

Je le regardai fixement.

— Peut-être.

— Allie ! Ta mère est ici !

Argh ! Pour une fois qu'elle s'intéressait à ma vie, il fallait que ce soit maintenant ? Tad se redressa.

— Allons-y.

Allons-y ? Il aurait pu prendre un moment pour me dire que je l'attirais. Une seconde aurait suffi. Manifestement, il ne voulait faire aucune déclaration, ce qui menait à la conclusion qu'il ne m'aimait pas.

— Bien. Allons-y.

Sans l'attendre, je marchai vivement vers le vestibule, où Mme Novak faisait état de mon incroyable talent de chanteuse à ma mère. Si ma mère essayait de mettre un terme à mon cours de chant, je ferais une fugue.

— Salut, maman.

Son regard se tourna vers moi, et je fus décontenancée par l'air triste affiché sur son visage.

— Allie.

Elle me serra très fort et me tint dans ses bras pendant une longue minute. À quand remontait la dernière fois qu'elle m'avait enlacée ? À ma naissance, sans doute.

Elle relâcha son étreinte tout en gardant un bras autour de mes épaules. Tad était debout dans l'embrasure de la porte, l'air songeur. À quoi pensait-il ? J'aurais donné cher pour lire ses pensées à ce moment précis. Mais voulais-je réellement savoir que je n'étais pas son type ?

Peut-être que oui. Alors, je pourrais tourner la page. Oui. Je voulais savoir. C'était la seule façon de reprendre la maîtrise de mes sentiments et mon indépendance. Je lui poserais peut-être la question le lendemain, au travail. Mieux encore, je demanderais à Natalie de le lui demander. C'était un bien meilleur plan. Ma mère fit ses adieux et ses remerciements, et remit un chèque à Mme Novak. Aurait-elle décidé de me laisser chanter ? Elle sortit, et je la suivis en croisant les doigts. Me tournant pour entrer dans la voiture, je remarquai Tad et sa mère debout sous le porche. Natalie allait devoir parler à Tad, le lendemain. Je ne pouvais plus supporter de ne pas connaître ses sentiments à mon égard.

– Pourquoi ne m'as-tu pas dit que tu prenais un cours de chant ?

J'arrachai Tad de mes pensées et regardai ma mère.

– Je pensais que tu t'en moquerais.

Elle hocha la tête tout en s'engageant dans la rue.

– Pourquoi pensais-tu cela ?

Sa voix était douce, pas en colère ni accusatrice. Alors, je lui répondis.

— Parce que tu n'as plus de temps à me consacrer. Tu ne te préoccupes que de Jack et de sa fille.

Elle me lança un regard réprobateur.

— Tu sais que ce n'est pas vrai.

— Vraiment ? Tu assistes à ses matchs de sofball, tu cuisines pour eux, tu vas les voir tous les soirs. Je suis toujours toute seule, je mange de la pizza surgelée, et tu prépares du saumon pour eux. Que dois-je penser ?

Ma mère demeura silencieuse un long moment. En fait, aucune de nous ne dit un mot jusqu'à notre arrivée à la maison. J'étais totalement déprimée. Je voulais qu'elle réagisse, qu'elle nie tout ce que je venais de dire. Qu'elle m'annonce qu'elle m'aimait plus que tout, et que Jack et Martha ne comptaient pas. Mais elle était restée muette. Ce qui signifiait que j'avais raison. Et tout cela me donnait beaucoup de matière à réflexion.

Ma mère alluma la lumière dans la cuisine et désigna la table.

— Assieds-toi. Nous devons parler.

Ce que nous fîmes. Je m'assis et attendis qu'elle prenne place en face de moi. Puis, je lui annonçai la nouvelle.

— Les parents de Blue m'ont dit que je pouvais aller vivre chez eux tout l'été. J'ai décidé d'accepter.

Ma mère me regarda.

— Pourquoi ?

— Parce qu'ils se soucient de moi.

Je clignai des yeux pour refouler les larmes qui menaçaient de jaillir.

– Je t'aime, Allie.

– Non. Tu ne m'aimes pas. Papa non plus.

Elle soupira et parut très fatiguée.

– Si. Il t'aime.

– Comment peux-tu dire ça ?

J'avais haussé le ton, et je m'en fichais.

– Il ne m'a à peu près pas vue pendant six ans. Et alors que je suis censée aller le voir, il change d'avis parce qu'il doit s'occuper de sa fiancée. Et maintenant, tu passes ton temps avec Jack et sa fille. Il n'y a pas de place pour moi dans vos vies, et je ne veux plus être ici.

– Allie...

Je secouai la tête et me levai. Les larmes dégoulinaient sur mes joues et je m'en fichais.

– As-tu seulement idée de ce que j'ai ressenti durant ce week-end passé avec la famille de Tad ?

Tout le monde s'aime, passe du temps ensemble. Tout le monde s'est occupé de moi ! Peux-tu croire que sa mère m'a préparé des repas et m'a soignée quand je me suis fait piquer par les abeilles ? À quand remonte la dernière fois que quelqu'un a pris soin de moi, hein ? Je criais à m'écorcher la gorge. Ma mère se leva, saisit mes épaules et m'attira vers elle.

– Je suis si désolée, chérie.

– Lâche-moi !

J'essayai de la repousser, mais elle serra davantage.

– Je t'aime, Allie. Je suis si désolée pour ce que je t'ai fait.

Je sentis un baiser sur ma tête, puis elle m'étreignit plus fort.

– Je suis si désolée, répéta-t-elle.

Et je me mis à pleurer. Je veux dire, vraiment pleurer. Plus fort que jamais dans ma vie. Je tentai de me libérer, mais elle refusa de me laisser aller. Alors j'abandonnai et éclatai en sanglots. Tant pis pour elle si j'abîmais son joli chemisier. Une fois à sec de larmes, je me détachai d'elle. Alors j'eus le choc de ma vie. Elle avait pleuré, elle aussi. Ses larmes coulaient encore sur ses joues, et ses yeux étaient tout rouges. Je n'avais aucune idée du comportement à adopter. Les mamans n'étaient pas censées pleurer. Elle me fit un sourire ému et tapota ma chaise. Alors je m'assis, et elle aussi. Puis, elle me tendit la boîte de mouchoirs. Nous nous mouchâmes et essuyâmes les traînées de mascara sur nos joues.

C'était presque un moment affectif mère-fille.

– Allie.

– Oui ?

– Je t'aimerai toujours plus que qui ou quoi que ce soit.

Elle leva sa main pour m'empêcher de protester.

– Je sais que je n'ai pas su te le montrer. Et Jack et sa fille ne pourront jamais te remplacer. Je t'aimerai toujours plus qu'eux. Mais je sais combien l'absence de ton père te fait souffrir, et j'ai voulu plus que tout au monde te trouver quelqu'un d'autre. Un autre papa. Pas pour remplacer le tien, mais en plus.

J'avalai la boule dans ma gorge et pensai au père de Tad.

– Ce n'est pas une excuse pour t'avoir abandonnée, enchaîna-t-elle, mais j'ai essayé de te trouver un papa, et un compagnon pour moi. Tu es seule, mais moi aussi. Je voulais nous trouver une famille.

Une famille ? Je voulais une famille. Surtout après avoir côtoyé celle de Tad. Je n'avais pas réalisé que ma mère aussi en voulait une. À vrai dire, je n'avais jamais considéré la possibilité qu'elle ait pu souffrir autant que moi du départ de mon père. Peut-être aurais-je dû.

– Je crois sincèrement que tu pourrais aimer Jack et Martha. Et dans le cas contraire, je ne te les imposerai pas. Mais parce que je t'aime, je te demande de leur donner leur chance.

De nouveau, je pensai au père de Tad. Elle prit ma main et la caressa.

– Je me sens tellement mal de ne jamais avoir songé à t'offrir un cours de chant. J'ai été une mère épouvantable et je ne peux te dire à quel point je le regrette.

Elle se remit à pleurer, et je ne savais pas quoi faire. Je ne pouvais quand même pas lui dire qu'elle avait été une mère géniale, non ?

Alors, je lui fis une proposition :

— Je donnerai une chance à Jack et à Martha si tu passes davantage de temps avec moi.

Elle hocha la tête et serra ma main.

— Marché conclu, Allie.

— Et je peux prendre ce cours de chant ?

— Évidemment ! Je t'y conduirai aussi souvent que tu le veux.

J'avais plutôt l'intention de faire appel à Tad et à Rand.

— Écoute. Donne-moi une journée pour y penser. Je n'aurai peut-être besoin de toi que pour le retour.

Ma mère me lança un drôle de regard.

— Tu aimes Tad ?

Je me sentis rougir.

— Je ne sais pas.

— Il a de la chance. Tu es très spéciale.

— Tu trouves que je suis spéciale ?

Je ne parvins pas à empêcher ma voix de trembloter. L'étreinte qu'elle me donna me convainquit de sa sincérité. Après son geste persuasif, elle se leva et alla nous chercher de la crème glacée et des bols. Elle déposa le tout sur la table et sourit.

— Parle-moi de Tad. Je meurs d'envie de savoir. J'enfonçai ma cuillère dans le pot.

— Je ne crois pas qu'il m'aime.

— Pourquoi ?

Je passai l'heure suivante à la mettre au courant de Tad, et de Rand, et du camping, et du travail. À la fin de mon rapport, ma mère était certaine que Tad m'aimait. Puisse-t-elle avoir raison ! Le lendemain, Natalie lui poserait la question, et je saurais enfin. Mais je n'étais pas sûre d'être prête à entendre la réponse.

CHAPiTRE 12

Natalie arrêta de cueillir des fraises, croisa les bras et secoua la tête.

– Non. Je ne le lui demanderai pas.

– Mais tu dois le faire! Il faut que je sache.

Comment pouvait-elle me faire ce coup-là?

– Demande-le-lui toi-même.

– Pourquoi?

– Parce que c'est la chose à faire.

– Mais je ne peux pas. Et s'il me dit non? Je mourrais de honte.

– Et s'il dit oui? Je te le dirai, et vous passerez alors les deux prochaines semaines à vous zieuter nerveusement, gênés de vous parler maintenant que chacun sait ce que ressent l'autre. C'est mieux que tu le fasses.

Elle roula les yeux.

– Tu es forte, Allie. Tu peux gérer ça.

Je me mordis la lèvre. Parfois, il y avait un désavantage évident à jouer la fille forte. Tad savait que ce n'était pas moi, et il m'aimait quand même. Enfin, comme une copine, pas comme une petite amie.

– Salut.

Tad laissa tomber sa brouette lourdement et nous fit un signe de tête. Il portait sa tenue habituelle : short kaki, tee-shirt et chapeau. Vraiment trop craquant.

J'avais décidé de mettre mon tee-shirt du stand, un jean vieux, mais pas démodé, et des baskets branchées. J'avais un léger maquillage et les cheveux attachés en partie, mais je n'avais pas utilisé de fer à friser. Mon allure était plus décontractée qu'au début de l'été, mais suffisamment jolie pour forcer Tad à me remarquer. Natalie nous observait. Je me demandai si elle avait changé d'avis.

— Je vais chercher une autre pelle, suggérai-je, pour voir si elle resterait pour parler à Tad.

Voyons, Natalie. Fais-le, s'il te plaît.

Elle me dévisagea, puis regarda Tad.

— Va falloir que vous régliez vos problèmes vous-mêmes.

— Natalie !

— Tad, Allie t'aime. Tad, si tu l'aimes, dis-le-lui. Sinon, mets fin à son supplice. Bonne journée à vous deux.

Et elle piqua un sprint vers la remise. Heureusement qu'elle était rapide. Je lui aurais fait avaler mes gants de travail, mais elle était déjà à l'autre bout du champ. Mes joues étaient en feu, et j'étais incapable de regarder Tad. Alors je m'agenouillai et me mis à creuser le sol. Je n'avais aucune idée de ce qui pouvait bien s'y trouver. Je n'étais pas près d'une plante, et je m'en moquais. Tout pour ne pas avoir l'air d'une parfaite idiote. Tad s'agenouilla en face de moi.

– C'est vrai ?

Je ne pouvais toujours pas le regarder.

– Elle a tout inventé.

– Alors tu ne m'aimes pas ?

Je creusais comme une forcenée.

– Pas au début. Tu étais un salaud.

– D'accord. Désolé pour ça. Tu veux savoir pourquoi ?

– Non. Oui. Peu importe.

– Parce qu'une fille comme toi ne s'intéresserait jamais à moi.

Ma tête se redressa d'un bond.

– Quoi ?

Il hocha la tête.

– Tu es belle. De toute évidence, très populaire. Et les gars comme Rand te draguaient tous. Quelle chance j'avais ?

– Voulais-tu une chance ?

Merde. Avais-je l'air trop optimiste ?

– Bien sûr que oui.

Ça alors !

– J'ai donc décidé de ne pas t'aimer, de façon à me foutre que tu sortes avec Rand.

Je m'assis sur mes talons.

— Tu as bien réussi.

Il secoua la tête.

— Non. Je ne m'en foutais pas.

Je souris.

— Vraiment ?

— Ouais.

— Mais quand je t'ai dit qu'il n'y avait rien entre Rand et moi, pourquoi n'as-tu rien fait ?

Alors que tu avais le décor le plus romantique qui soit, le lac, par une belle nuit étoilée.

— Parce que je ne voulais pas être un prix de consolation. Fierté masculine. Si Rand te draguait de nouveau, sortirais-tu avec lui ?

Je roulai les yeux.

— T'es vraiment un gars. Décide-toi, Tad. Aime-moi ou ne m'aime pas. Tu sais que c'est moi qui ai poussé Rand dans le lac. Oui. Je t'aime. Mais je me demande bien pourquoi. Tu es un nigaud, et tu me tortures.

Il était toujours assis là, à me regarder. Alors, je lui donnai un petit coup sur l'épaule qui le fit chanceler. Puis, un autre coup qui l'envoya sur ses fesses.

— Je ne te comprends pas.

— Moi non plus, dit-il.

— Eh bien, tant pis !

Je ramassai ma pelle et me levai. Mes jambes tremblaient. J'étais si bouleversée que je pouvais à peine me tenir debout. Mais je ne devais pas lui montrer à quel point j'avais un faible pour lui. Alors, je pris la fuite. Je n'avais parcouru qu'environ un mètre quand je sentis sa main sur mon poignet.

— Attends une minute, Allie.

Je m'arrêtai, sans me retourner pour lui faire face.

— Quoi ?

— Je suis désolé.

— Pourquoi ? Pour ne pas m'aimer ? Ne t'en fais pas. Je ne t'aimais pas vraiment de toute façon. Ça faisait partie d'un pari avec mes amies. D'accord. C'était méchant. Mais qui voulait d'un garçon ? Pas moi. Et il était grand temps de le prouver.

Il me tourna vers lui.

— Quel pari ?

— Un pari avec mes amies. Natalie pensait que tu m'aimais même si tu te comportais comme un salaud. Blue et Frances ont dit que certains garçons étaient immunisés contre moi. Donc, après t'avoir rencontré, elles ont décidé que tu étais l'un d'eux. Et elles ont parié que tu ne m'aimais pas. Le pari se termine à la fin de l'été.

Il haussa un sourcil.

– Qu'as-tu parié ?

– Natalie m'a forcée à me ranger de son côté, mais c'était stupide. Ce que tu penses n'importe pas assez pour mériter un pari.

Je croisai les bras et pris un air ennuyé. Comment avais-je pu lui parler du pari ? Gonfler son ego n'était vraiment pas l'effet escompté.

– Qu'arrive-t-il aux perdantes ?

Ouais. Le prix que j'allais devoir payer.

– Les perdantes doivent porter un soutien-gorge rembourré au premier bal de l'année. Méga rembourré. Des seins géants. La plus grande humiliation possible.

Je soupirai. Me ridiculiser en public. Comme si ce n'était pas assez moche de me faire rejeter par Tad.

– Alors, je suppose que Frances et Blue devront aller s'acheter des soutiens-gorge plus grands.

Je clignai des yeux.

– Quoi ?

Il se contenta de sourire. Puis, il posa ses mains sur mes épaules et m'embrassa. Sur les lèvres ! Trop génial, hein ? Ses lèvres étaient si douces, comme du velours, et son haleine sentait la menthe. C'était le baiser le plus parfait de ma vie. Dès lors, je sus que je ne serais plus jamais la même. Plus jamais. En fin de compte, je voulais bien d'un garçon. D'accord. Pas un garçon quelconque. Un garçon en particulier. Qui l'aurait cru ?

Un cri se fit entendre à l'autre bout du champ. Tad et moi nous retournâmes. Natalie agitait ses bras. Frances et Blue se tenaient à côté d'elle, l'air pas trop contentes.

Tad sourit et passa son bras sur mon épaule.

– Je ne crois pas que Blue et Frances vont m'aimer.

Je m'appuyai sur lui et constatai que j'avais la taille parfaite pour me caler sous son bras.

– Et alors ? Elles s'en remettront. D'ailleurs, nous devrions les remercier. Si Natalie n'avait pas essayé de remporter le pari, elle ne m'aurait pas poussée à aller camper et elle ne serait pas partie avec Rand, dis-je en le regardant. Nous lui devons beaucoup, tu sais. Elle a dû endurer Rand pendant tout le trajet du retour. As-tu des amis à lui présenter ?

Il me tourna vers lui et glissa ses mains sur ma taille.

– Je ne suis pas sûr que ce soit une bonne idée. Si mes copains te voient, l'un d'eux pourrait se sauver avec toi.

Je nouai mes mains autour de son cou et le gratifiai de mon sourire le plus éblouissant.

– Impossible.

Il sourit.

– Tu sembles sincère.

– Pas de soucis, tant que tu continueras à m'asperger d'eau, à te moquer de mes vêtements et à me sauver des abeilles. Oh ! et tu devras aussi m'embrasser de temps en temps !

Je sentis mes joues s'enflammer.

– J'aime que tu m'embrasses.

Il approuva de la tête.

– Ça me va. Surtout la clause du baiser.

Et il me prouva combien il lui était facile de respecter ladite clause. Ne vous avais-je pas dit que cet été allait être le meilleur de ma vie ?

***

– Qui veut de la pastèque ? offris-je en arrivant dans le jardin.

– J'en prendrais bien.

Tad prit le plat de mes mains et le transporta jusqu'à la table de pique-nique où Jack, Martha et ma mère étaient assis.

– Allie est une experte en découpage de pastèque, dit-il. Vous êtes en présence d'une grande artiste.

Je lui souris. Comment pourrais-je ne pas aimer ce gars ? Non seulement il pensait que je chantais bien, mais tout ce que je faisais l'impressionnait. Sauf lorsque j'avais failli tuer les framboises en mettant trop d'engrais. Je ne l'avais pas trop impressionné cette fois-là.

Que voulez-vous que je vous dise. Je ne suis pas spécialiste en la matière. Mais il m'aimait inconditionnellement, que je sois bien ou mal habillée. (En passant, je lui avais demandé pourquoi il semblait me mépriser lorsque je voulais paraître jolie. Apparemment, je l'intimidais quand j'étais toute pomponnée. Il m'avait aussi dit que j'étais hyper-mignonne sans maquillage. Ce commentaire lui avait valu un baiser.)

Tad s'assit à la table de pique-nique, au bout du banc, et je me glissai entre lui et ma mère. Je mordis dans l'un des hamburgers cuits par Jack.

— C'est bon, Jack.

Il me sourit. Je remarquai qu'il avait un sourire très doux et un regard chaleureux.

— Merci. Alors, Allie, quand aura lieu ton premier concert?

J'eus comme un frisson.

— Mercredi prochain. Ce n'est pas un concert. C'est un genre de récital.

— Ça te dérange si nous y allons?

Je regardai ma mère, qui me sourit, puis Jack de nouveau.

— Vous voulez venir?

— Bien sûr.

— Moi aussi, dit Martha.

Je la dévisageai.

— Pourquoi voudrais-tu aller à un récital assommant?

– Parce que c'est sympa que tu chantes… Mais si tu ne veux pas que j'y sois, je n'irai pas, ajouta-t-elle d'un air gêné.

Ma mère me donna un coup de pied, mais ce n'était pas nécessaire.

– Non. Ce serait génial que tu viennes.

Martha sourit timidement.

– Vraiment ?

– À une condition.

– Laquelle ?

Elle semblait inquiète, et je faillis éclater de rire.

– Avant, tu me laisses te maquiller et te coiffer. Et tu pourras aussi m'emprunter des vêtements.

Si Martha devait être vue en public avec moi, j'allais devoir faire quelque chose pour son apparence. Et sa confiance en elle. Les vêtements et le maquillage aideraient. Mais en réalité, il était question de son « moi » intérieur. Je voyais bien qu'elle avait besoin d'une dose de pouvoir féminin. J'étais toujours au stade de l'apprentissage, mais j'étais prête à partager ce que je savais. Ses yeux s'écarquillèrent.

– Vraiment ? Tu m'aiderais ?

– T'aiderais ? Tu veux de l'aide ?

Elle hocha frénétiquement la tête.

– Ce serait génial. Merci.

Elle paraissait incroyablement heureuse. N'avait-elle aucune amie avec qui parler et échanger des conseils ? Puis, je regardai Jack. Il était gentil, mais il était un homme. Je n'avais peut-être pas de père, mais Martha n'avait pas de mère.

– J'irai peut-être voir un de tes matchs. Tu as dit que tu jouerais au hockey sur gazon à la rentrée ?

– Oui.

Sous la table, Tad prit ma main.

– Moi aussi, j'irai te voir mercredi, dit-il.

Je lui souris.

– Je m'en doutais un peu.

– Suis-je trop prévisible ?

– Pas du tout. Je lui envoyai un sourire secret qui promettait un baiser lorsque nous serions seuls.

Ce qui n'arrivait plus souvent, depuis que ma mère prenait son boulot de maman au sérieux. Bien sûr, Jack était aussi souvent dans les parages, avec Martha, et vous savez quoi ? Ce n'était pas si mal. Pas mal du tout. Non pas que nous formions une famille, loin de là, mais nous devenions des amis. Voyant ma mère beaucoup plus heureuse, je réalisai combien elle ne l'était pas à l'époque où elle sortait avec tous les hommes et n'était jamais à la maison. Toutes les deux heureuses avec un seul gars. Quelle ironie ! Et nous commencions à rebâtir notre chez-nous. C'était un début, et c'était OK. Même un peu mieux que OK. Qui aurait pensé ça ?

Découvrez le début des aventures de Frances, Allie, Blue et Natalie dans *Garçons sur la Corde raide.*

Vous aimez un garçon, mais il vous laisse tomber.

Vous êtes déprimée. Devinez quoi ? Vous êtes sur la Corde raide. C'est un endroit malsain. Ce sont les garçons qui devraient s'y trouver, pas les filles ! Mettez les garçons sur la Corde raide et ils ne pourront jamais vous blesser.

Cela a l'air génial, n'est-ce pas ? Oui mais pas pour Blue Waller. Pourquoi devrait-elle mettre ce superbe gars de dernière année sur la Corde raide, juste au moment où il commence à la remarquer ? Et si elle ne le fait pas, va-t-il lui briser le cœur ?

Blue – c'est le diminutif de Blueberry – est prise au piège. Elle a le pire prénom de la planète, des parents qui entravent sérieusement sa vie sociale, une petite poitrine et des taches de rousseur. Heureusement, ses trois meilleures amies vont l'aider à trouver le grand amour – même si cela signifie braver la Corde raide.

Retrouvez Frances, Allie, Blue et Natalie
dans *Garçons sous surveillance.*

DEVOIRS : 0
GARÇONS : 1

Eh bien, oui, j'étudie. Beaucoup... Peut-être trop.

Et j'ai le béguin pour un gars... hyper craquant. Qui se trouve aussi à être le grand frère de mon amie Blue... et un salaud question filles.

Et d'accord, je ne le devrais pas. Et puis après ?

Est-ce que ces deux petites choses justifient le chantage de mes amies ?

– On te donne une semaine pour te faire un nouveau petit ami, sinon...

Quel genre d'amies ça peut bien être ?

Le genre d'amies qui m'obligent à mentir à mes parents...

Ce qui fait que je finis toujours par me faire punir. Et ce qui fait que ce gars-là me remarque...

Collection

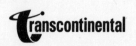